メディアワークス文庫

嘘の世界で、忘れられない恋をした

目　次

一年は三百六十五日で、時間にすると八千七百六十時間だ。

なかなかの数字だなと思うけど、どうも少しピンとこない。

死や愛と同じくらいに、それは僕の認識や直感から遠くにあった。なんでも分解すれば良いという問題でもないんだろう。

だけど分解はやめられず、秒数にしてみた。

三千百五十三万六千秒だ。いよいよ意味が分からなくなってきた。

ピンとこないし、意味も分からない。

ただ、僕に宣告されていた時間がそれだった。命の時間がそれだった。

僕は残された時間で何をするだろう。何ができるだろう。

多分、何もできないし、何かを克服することも、乗り越えることもないのだろう。

それでも思う。余命が、一年に満たないかもしれない僕だけど……。

好きになった人に、せめて自分の想(おも)いだけは伝えられたらいいなと。

Scene1.

月島 誠

1

余命宣告を受けたのは、高校一年生の三月のことだった。

早咲きの桜ですらまだ空をほとんど知らないような、冬の終わりとも春の初めとも言える、季節が重なり合った時期のことだ。

僕は小さい頃は体が弱くて、よく倒れていた。病弱な体質というやつだ。それこそ小学生の頃は頻繁に熱を出していて、学校に行っても保健室にいることが多かった。けれど中学に入学してしばらくすると体質が変わった。

時に熱を出すこともあったが、自分でも驚くくらいに普通になっていた。

僕の体は、ちゃんと僕のものになった。

高校一年生の時点でもそれは変わらず、病弱は過去のことになりつつあった。

なんとかこのまま健康でい続けられるのかもしれない。二年生になっても、三年生になっても、その先も……。

そんなふうに考え、高校生活の一年が過ぎ去ろうとしていた頃のことだ。学校の健康診断とは別に定期検査を受けていて、その結果に関することで病院に呼ばれた。

特に体に異常はなかったが、冬には風邪を何度か引いていた。免疫力が低下している兆候があったのかもしれないと、体質のことをひそかに気にしていた。

病院には父親と母親も一緒に呼ばれていた。平均的な身長で控えめな性格の僕とは違い、父親は背が高く底抜けに明るい人だった。

「大丈夫だ。きっと大したことじゃないさ」

待合室で父親は僕を元気づける言葉をかけてくれた。母親も前向きな言葉をくれる。父親の陽気な態度や母親の優しさに、僕は過去何度も救われていた。だから今回も、たとえ多少の問題があったとしても、切り抜けていけるはずだと信じていた。

病院に呼ばれたとはいえ、そんなに大事ではないと楽観視すらしようとして……。

「この病気の場合、余命は一年と考えてもらうのがいいかと思います」

しかし、そう簡単にはいかなかった。看護師さんに呼ばれ、診察室に三人で入る。担当の先生から検査結果に関する複雑な説明をされ、そのあとに余命を宣告された。

「え……」

悲しみは微塵(みじん)もなかった。驚きと戸惑いがほとんどだった。両親にも伝えられていない話だったらしく、父親は困惑していた。母親についても同じだ。

そんな中で、担当の先生が心苦しそうにしながらも話を続ける。

国が指定している難病の一つで研究対象となるため、医療費などの心配はしなくていいこと。発覚した時点で可能な限り早く本人に伝える決まりとなっていたので、この場で伝えたこと。そんなことが説明された。

そのほかにも色々とあった。病気の簡単な経過説明。保険の適用方法。後日、両親と詳細な話をするための機会を設けたいこと。少しでも余命を延ばせるようにすること。

　自分のことなのに、まるで他人の話を聞いているような心地だった。ショックで頭が真っ白になり、目の前の話と自分のことを、うまく結び付けることができない。

　そしてそれは、僕だけではなかったみたいだ。

　父親を見ると茫然（ぼうぜん）となっていた。母親も視線を下げ、なんの言葉も返せないでいる。現実に対してどんな理解も納得もできないままに説明が続き、促されて僕だけが先に退出する。しばらくして両親も出てきた。会計をし、車まで三人で無言で歩く。

　三人が三人とも、現実に置いてけぼりにされたかのようだった。

　車内でも無言が満ちる。その状態でどれだけ時間が経（た）った頃だろう。父親が言った。

「……ちょっと考えたんだが、別の病院も探してみよう」

「え？」

　僕が驚いていると母親も父親に同意した。

「そうね。一つの病院じゃ、確かなことなんて分からないし」

　恥ずかしさもあって本人に直接伝えたことはなかったけど、僕は両親を尊敬していた。体の弱かった僕をいつも優先し、慮（おもんぱか）り、不自由なく育ててくれた。

二人は優しく、時にお人好しすぎる面もあったが、心から尊敬できる人物だ。

そんな二人が現実を拒み、抗おうとしていた。

それからの話で、今日のことは忘れて専門的な病院で診てもらおうということになる。

間違いの可能性だってあるし、そんなに深刻なことではないかもしれないからと。

「よし、そうと決まれば、昼は何か美味いものでも食いに行くか」

父親が車のエンジンをかけ、から元気で声を出す。僕だったら声が震えていたかもしれないが、父親はそんなことはなかった。車を病院の駐車場から走らせる。

だけど、その時には僕たちは分かっていたんだと思う。病気の診断は、間違いではないことを。単にそうやって一時、事実から目をそらすのに必死だったんだと思う。

日を変えて別の病院に行ったが、時間をかけて検査しても同じ診断をされた。

それでも父親と母親は諦めなかった。僕もそうだ。

再び別の病院に行く。結果は同じだった。現代の医療では治療が難しい病気だと診断された。中期から症状が表れて意識を頻繁に失い始め、末期を経て死に至るという。

様々な病院で検査を受けていた当時、僕たち家族は家族なりに色んなことがあった。

明るさが取り柄の父親も、賢くて優しい母親も、色々とあった。

悲しみだったり嘆きだったり、多くのことが。

それぞれの心の中には、孤独と沈黙の湖が広がっていた。家族にその湖を作り出していたのは、ほかならぬ僕だ。僕が余命一年の病気かもしれないという事実だった。

泣いたり笑ったり叫んだりと、当時は本当に色んなことがあった。

ただ、その中で僕たちはいくつかのことを決めた。

病気は事実として受け入れること。無理に明るく振舞わないこと。でも明るさを無理に抑えず、笑いたい時には笑い、泣きたい時には泣く。

希望を捨てないこと。

そう決めた末に、最初の病院に戻った。担当の先生と話し合う機会を設け、何かあった場合は病院で手厚く対応すると言ってくれたので、研究にも協力することにした。

気付くと一ヶ月近くがあっという間に過ぎ、高校一年生の春休みを迎えていた。

その春休み、僕たちは決めたことを守って生きた。最初は過剰だったり不自然なところもあったけど、それも次第になくなっていく。不自然は自然に淘汰される。

僕は春休みに入る前から、新しい習慣を二つ作っていた。

一つは暗黒ノートの作成だ。ここにはちょっと人にお見せできない感情だったり嘆きだったり、そういうものが吐き出されている。絶対に誰にも見せない。

もう一つは明るいもので、やりたいことノートの作成だ。

映画や小説で見たことはあったが、自分が書くことになるなんて思いもしなかった。

しかし考えをまとめるのには便利で、僕の余命が本当に一年だと仮定してみて、やりたいことをリスト化した。そして春休み中からそれを実行する。

初めて一人旅を経験し、家族から離れて、家族の大切さがあらためて分かった。見たかった景色を見て、あ、僕は景色にはそこまで心が動かないんだなと、新たに自分のことを知った。

高校生からすると高価なラーメンを隣町に食べに行ったり、貯金を下ろして漫画をまとめ買いしたり、憧れていたスニーカーを買ったりした。

それらを僕は一人で行った。淡々と平和に、マイペースにやった。

人間の欲求というのは限りがないようでいて案外、限りがあるものだ。突拍子がなさすぎたり、明らかに無理なものを除くと、やりたいことをいつしか満たしてしまう。

そうした中で、初期の段階に書いたのに、いつまでも果たせずにいるものがあった。

・美波翼（みなみつばさ）さんに想いを伝える

その頃には高校二年生に進級し、ゴールデンウィークも終えていた。

友人は多い方ではないが、少なからずいた。だけど僕の死という悲しみに巻き込みたくなかったので、進級を機に疎遠になった。新たに友人も作らない。人と関わらない。

そんな現状でのこれだ。美波翼さんに想いを伝える。

美波さんとは一年生の時にクラスが同じで、初めて知り合った。いつも笑っていて、活発で、生命力そのもののように輝いていた。彼女には健康で健全な光が溢れていた。憧れみたいなものも、あったのかもしれない。思えば病弱だった小学生の頃からそうだ。自分とは正反対の位置にいる、健康的で明るい人が好きだった。

ただ僕は、美波さんと付き合いたいと思っているわけではない。それは無理な願いだし、人付き合いを避けようとしている僕の本意からも外れている。

僕の願いはそこにはなく、純粋に自分の想いを伝えるだけというものだ。

そのためには格式ばってはいけない。手紙を渡したり、呼び出したりしてはダメだ。もっと日常的で、さりげない方法でなくてはならなかった。

「あれ、月島くん？　久しぶり。なんで空を見てるの？」

ある日の放課後、どうすべきか思案していると廊下で美波さんに声をかけられる。

驚き、慌ててしまった。二年生でクラスが分かれてから話す機会もなかったうえに、どうやって想いを伝えようか考えていたところに現れたからだ。

「え、あ、いや……。久しぶり。別に大したことじゃないんだけど」

「へぇ、そうなの？　というか、本当に久しぶりだよね。元気してた？」

よく似合う短めの髪を揺らし、分け隔てなく接してくれる彼女が微笑む。

幸いなことに周りに生徒はいなかった。偶然とはいえ、間違いなくチャンスだった。

心を落ち着けて美波さんと自然に話そうと努力する。

「う、うん。元気だよ。美波さんは？」

「小テストの結果以外は元気かな。居残りで復習してたんだけど、どうも数学がね」

彼女は誰とでも話ができる人で、難なく会話は続いた。やがてクラスが別になった話題となり、簡単にお互いの近況なども話す。

今日でいいのだろうか。言葉はどうしよう。

怖気(おじけ)づきそうになる心を叱咤(しった)する。いつかと躊躇(ためら)っているうちに、世界は進んでしまう。特に僕は、人よりもずっと時間が限られているかもしれない人間だった。

そんなことを自分に言い聞かせ、今からのことに考えを集中させる。

そのため、ある時から彼女との会話の内容に意識が及ばなくなっていた。

「あ、変わったことと言えばさ。実は少し前に、映画関連の部活を立ち上げて——」

会話の途中ではあったが、タイミングとしては今しかなかった。僕は口を開く。

「あの、さ……」

「ん？」

言葉が深刻に響くのを防ぐべく、ぎこちなくも笑顔を作った。

「実は僕、美波さんのことが好きだったんだ。あ、でも、付き合いたいとかそういうことじゃなくて、ファンみたいなものっていうか……。あの、一年の時に……」

覚悟を決めて告白したのに、それから先の言葉が継げなかった。どんなところに惹かれたとか、そういうことも含めて伝えられたらいいと思っていたのに。

「え、そうだったの？」

僕が言葉を詰まらせていると、美波さんが驚きを露わにする。

「う、うん」

「でも、それなのに付き合いたくないって、どうして？」

純粋に疑問だったんだろう。好意の有無に関係なく、告白された側からすれば確かに不思議な台詞だ。

自分の病気や余命のことを口にするわけにもいかず、僕は必死にごまかす。

「あ、や、その……遠くから見ていられたら充分っていうか」

すると美波さんがふっと息を抜く。面白そうに笑った。

「珍獣みたいな？」

「いや、そういうことじゃなくて」

「ごめん、変なこと言って。その、こうやって正面から告白してくれるなんて、ほとんどないことだから驚いたけど……。でも、なんだろう。嬉しかったよ。ありがとう」

淡い光となったように、美波さんが微笑む。

その笑顔を見られただけで、僕は勇気を出した甲斐があったと思えた。

告白したばかりということもあり、その場はちょっと不思議な空気感になる。本当はもっと一緒にいたかったけど、「あの、えっと、それじゃ」と言ってその場を離れる。

「あ、うん。それじゃね」

そんな言葉を僕にかけ、彼女は手を振ってくれた。

僕の告白は唐突で、人柄に対する好意までは伝えられていなかった。けれど、もう一度告白するのは変だし、美波さんにも迷惑になる。完全ではないが、これで……。

2

日が変わって翌日となる。かすかなわだかまりを抱えつつも、いつものようにやりたいことを探しながら学校での日常を送る。

教室を移動している最中、美波さんが仲の良(い)い女友達である速水(はやみ)さんと、歩いている姿を見かけた。美波さんと視線が合う。

彼女は微笑むと、軽く手を上げて挨拶してきた。僕は驚いて、挨拶を返す。

「誰？」

「一年生の時に同じクラスだった月島(つきしま)くん」

速水(はやみ)さんとの会話が聞こえてきたけど、特に僕から話しかけることはしなかった。

行き先が違い、僕らは別の場所に向けて歩みを進める。

彼女は友達と日差しが降り注ぐ明るい道を行き、僕は一人で陰った道を行く。

やりたいことを探してはいたが、僕にはもうほとんど見つからなかった。

あとは可能な限り人に優しくして、自分の運命がどうしようもなくなる日まで、穏やかに生きたいと願った。

そして今の僕にとって、他者への最大の優しさは深く関わらないことだった。

「で、最近はどう？　何か変わったことはない？」

しかし、最低限に関わる人もいる。その一人が保健室の先生だ。

学校側には両親とともに、高校二年生になるタイミングで病気のことは伝えていた。

生徒には病気のことを話さないようにお願いし、その願いを尊重してもらっている。

何かあった時のため、あらたまった形で保健室の先生とも顔合わせをしていた。

二十代の後半だという保健室の先生は、少し個性的な人だ。学生時代は趣味で演劇をしていたという。ざっくばらんながらも大人な人で、僕を気にかけてくれていた。

「いえ、特に何もありませんよ。いつも通りの日々です」

週に一度は放課後に保健室に寄るよう言われていた。そこで他愛無いことを話す。コーヒーを淹れてくれて、僕はマグカップ越しにその温かさを感じていた。

「相変わらず、誰とも関わろうとしてないの？」

「ええ、まぁ。そうですね」

「悲しませる人を、作りたくないからって理由で？」

「それ、口に出すとすごく恥ずかしくて安っぽいので、勘弁してくれませんか」

本心から嫌がっているわけではない。苦笑しながら言うと、僕に合わせてか先生も笑う。週に一度の会話を始めて、既に一ヶ月以上は経っていた。

「じゃあ、月島くんが言うところの、恥ずかしくて安っぽい台詞を、さらに口にしてあげようか」

「過去に僕が言った台詞以外なら」

「孤独には、君が求めているものは何もないと思うよ」

思わず先生に目を向ける。どう応じようか迷った末に、尋ねた。

「なんです、それ？」

「大学生の頃、何かの演劇で口にした台詞」

「へぇ、どんな内容だったんですか？」

「孤独を選んでいた少年が、最終的には愛を見つける話かな」

「壮大ですね」

「そうかな。日常的で、あり触れてると思うけど」

先生が何かを僕に伝えようとしているのは察することができた。視線をそらし、手元のマグカップを見つめる。コーヒーの水面に僕が映っていた。

「月島くんの生き方は尊重するけど、無理に人付き合いを避けなくてもいいと思うよ」

「はい」

「聞いてる？」

「なんとなく」

「お説教おばさんだと思ってるでしょ」

「お説教お姉さんだと思ってます」

僕が答えると、先生が胡乱な目つきで見てきた。溜め息をつく。

「そういうお世辞はさ、同級生の可愛い女の子に言ってあげなよ。好きな子くらい、いるでしょ？」

「……どうですかね」

美波さんの顔が脳裏を過ったが、綺麗さっぱりと諦めがついていた。諦めというか、やり切ったというか。これ以上はどこにも動かない感情だった。そのはずだ。

新しい願いを特に見つけられないまま、その週の週末も一人で過ごした。

新作のゲームを買ってプレイしてみたが、果たしてこれが本当に僕のやりたいことだろうかと疑問を覚えてしまい、途中でやめてしまう。

月曜日となり、また学校生活を送る。

馬鹿みたいに思われるかもしれないけど、教室を移動する時間が楽しみだった。

どこかでまた、美波さんと顔を合わせることができるかもしれないからだ。

そう思っていたら、図書室の近くで美波さんの姿を見かける。速水さんも一緒だ。見覚えのない女の子も二人いた。何か困った様子で四人で話していた。

その時は視線が合うことはなかった。僕から話しかけることもしない。

……いつからだろう。いつから僕は彼女のことを、こんなにも痛烈に意識するようになったのだろう。そんなことを考えた。

その自分はある時、不意に姿を現した。視界に彼女がいるだけで心臓が切なく痛み、なんだか輝いて見えて、彼女の全てを特別に感じてしまう。

放課後は、保健室に立ち寄った。何曜日に来なさいということは決まっていない。

僕が訪れると先生はコーヒーを淹れてくれた。豆からではないが、既製の挽いた粉から丁寧に淹れてくれて、良い香りがする。

「で、好きな子はできた？」

「勘弁してくださいよ」

コーヒーを受け取りながら応じると先生が笑う。ふと何かに気付いたようになった。

「なんだかいつも以上に、生気のない顔をしてるね。何かあった？」

「いつも以上は余計です」

ごめんごめんと言って、先生が微笑む。悪気がないことは当然だけど分かっている。

目の前の大人はけっして不用意に人を傷つけない。意味や意図のない言葉は口にしないし、相手のことを常に考えている。両親と同じように尊敬できる人だ。

だからだろうか。いつしか自然と、内心を吐露していた。

「実は……やりたいことが、ほとんどなくなってしまって」

「前に言ってた、リストのこと？」

「そうです。一番難しいと思っていたものが、完全ではないけど、なんとかできて……。あとはどうしようかなって」

「恋愛じゃない？」

「……先生、あまりにも女子すぎませんか」

「恋愛が、人と関わり合うことの最たる形だからね」

思わず僕は言葉を失くす。そんな僕に先生は続けた。

「少し、打算的な話かもしれないけど……。月島くんの願いを尊重するとしてもさ、まだ君には時間があるんだよ。たとえ関わり合っても、離れる時間が」

その発想は自分にはないものだった。

僕が驚いていると、「後ろ向きではあるけどね」と先生が苦笑しつつも言う。

「自分で終わりを定めてもいいから、飛び込んでみなよ。何か、焦がれているものや、人がいるならさ」

そう言われて、美波さんの眩しいような姿が再び脳裏に浮かんだ。

もっと知りたくて、話したくて、瞳を見つめながら笑いたくて……。

視線の逃がし場所に困り、保健室の入り口に目を向ける。すると扉が開いた。

人生というのは時々、容赦がない。それが僕の人生の実感だ。

しかし、それと同じように……。

人生というのは時々、良い意味で思いがけないことが起きる。

「せんせーい。いますかー？」

あ、と息を呑んでしまう。そこに現れたのは奇しくも美波さんだった。

学校とは、本当に不思議な場所だなと思う。好きな人が、この敷地内のどこかにいたりする。その姿を不意に見かけると、心臓が甘く締め付けられたりする。

「って、あれ？　月島くん？」

美波さんは視界のうちに僕を見つけると驚いていた。

「あ、どうも」

「わ、コーヒー飲んでる。いいな。先生に淹れてもらったの？」

「うん。そんな感じ」

突然のことに内心では慌てていたが、なんとか自然に応じられた。そうしていると先生が先程の深刻さを忘れたように、普通のトーンで美波さんに声をかける。

「美波さん、どうしたの？　誰か怪我でもした？」

「あ、怪我は大丈夫です。保健室前の掲示板に、これを貼ってもいいか聞きたくて」

そう答えると美波さんが紙を掲げる。「平凡な男の人、募集」という、よく分からない文言が大きく印刷されていた。ただ、先生には意味が通るのか言葉を返していた。

「ひょっとして、映画制作部の？」

「そうです。実は主役の男の人を葵が追い出しちゃって、新しく探す必要があって」

「葵って副部長の速水さんのことだよね？　なに、主役の人に変なことでもされそうになったの？」

「いや、なんか……不誠実で、よこしまな人間だからって」

「よこしま」

「演劇部の人で志願してくれてたんですけど、演技も過剰だからって」

「辛口だね～。まぁでも、そうじゃないと本気で映画なんて作れないか」

二人の間では意味が通っている会話らしかったが、僕にはまるで分からなかった。

速水さんとは以前も目にしていた、今は美波さんとクラスが一緒の女生徒だ。

同級生の話題にもよく上る切れ長の目をした美しい人だけど、近寄りがたい雰囲気を放っていて気軽に接することができない。でも、美波さんとは仲が良さそうだった。

僕が戸惑っていることに気付いたのか、先生が補足をしてくれる。

「あ、そっか。春の部活紹介の時にはまだなかったし、月島くんは知らないか。美波さん、幼馴染の速水さんと一緒に、映画制作部を先月に立ち上げてるの。下級生も含めて、全部で四人だっけ？　確か皆、女の子だよね」

「はい、そうです。もともと中学の時から、その四人で映画を作ってたんで」

「中学の時のやつなら観たよ。職員室でも話題になってた。何か賞を取ったこともあるんだよね？　これは学校の宣伝になりそうだって、教頭先生も興奮してた」

「その教頭先生に頼まれて、先月は学校紹介のムービーを作ることになりましたけど」

「知ってる。でも出来がいいって喜んでたよ。それで部活申請もすんなり認められたんだし、いいんじゃない？　活動一年目で部費も部室も貰えるのは、なかなかないよ」

「ですね。助かりました」

美波さんは一年生の時、僕と同じく帰宅部だった。それが二年生になってから、部活を立ち上げていたなんて知らなかった。しかも、映画を作る部活だという。

僕が驚いていると美波さんが視線を向けてくる。

「ん？　というか、月島くんにはこの間、話さなかったっけ？」

「この間って……」

「えっと、ほら。放課後の廊下で」

「放課後の廊下……。あ、ごめん。あの時は余裕がなくて、話を聞けてなかったかも」

「確かに、すごく緊張してたもんね」

あの日の場面を思い返してか、二人とも曖昧に笑ってしまう。そんな僕らを先生が「ん？」といった感じで見ていた。やがて目が合うと……不敵に微笑まれる。

完全に何かを察されていた。人生経験が豊富なのか、先生は色んなことを見抜く。

それから殊更に明るい調子で、先生が声を張る。

「で、美波さん、その映画制作部のことでどうしたの？　張り紙だっけ？」

「あ、はい。せっかく主役の募集をかけるなら、インパクトがあった方がいいかと思って作ったんです。貼ってもいいですか？」

「いいよ。ちなみになんだけど、どんな人を求めてるの？　平凡な男の子？」

「そうです。夏の映画祭に作品を出したいので、すぐにでも撮影したくて。具体的に言うと、本当、平凡な男の子って感じです。でも葵が嫌がるので、変にギラギラしてなくて、可能なら部活にも入ってなくて。演技の経験は問わないんですけど、できれば身長は百七十センチ前後で、色が白いと画面にも映えるので、あと誠実な人で……」

美波さんはそう口にしながらも、途中で何かに気付いたように僕を見ていた。

彼女だけじゃない。先生も驚いたように僕に視線を向けている。

いつしかその場が無言になる。二人から見つめられ、僕は変に焦ってしまう。

「え？　いや、あの……。二人とも、なんで僕を……」

すると先生にポンと肩を叩かれた。

「いけ、少年。決定だから」

その笑顔には、有無を言わせない迫力があった。

3

「というわけで、先生の推薦もあって月島くんに来てもらいました。拍手～！」

保健室でのことから、わずか十数分後。僕は部室棟三階にある、映画制作部の部室内で立っていた。そして席に座る三人の女生徒の前で、ひきつった笑いを浮かべている。

初めて訪れた映画制作部の部室には、三脚などの撮影機材が整理して置かれていた。片隅にはラックが設けられ、そこではスマホや何かのバッテリーが充電されている。

動画の編集を行うためか、パソコンが置かれた机もある。机はそれだけじゃない。四つの机が部屋の中央で合わさって配置され、席には三人の部員が腰かけていた。

ちなみに美波さんから「拍手～」と言われても、誰も拍手をしていない。

速水さんが怪訝そうに僕を見ていた。なんというか、ものすごい威圧感だった。

リボンの色から下級生だと分かる小柄な女の子は、「え、え？」といった感じで、困惑して周りの人を見ている。なんとなくだけど、真面目で人が好さそうだった。

それとは対照的に、もう一人の下級生である髪が長い女の子は、のほほんとした様子で「へ～」と僕を見ている。正直、何を考えているかはすぐには分からない。

『いけ、少年。決定だから』

先生からそう言われた時、僕は慌てた。困ったことになりそうだったからだ。

『いや、何を言ってるんですか。映画の主役とか無理に決まってるでしょ』

『やる前から決めつけるのは良くないよ。ね、美波さん？』

そもそも告白された人と一緒に映画を作るなんて、美波さんも困るに決まっている。

そう思っていたのに、美波さんはじっと考え込んでいた。

『いいかも。月島くん、衛生感あるし』

やがて、そんなことを言ってくる。僕は色んなことに困惑してしまった。

『え？　いや、衛生感ってなに？　清潔感じゃなくて？』

『私の好きな小説家さんが、大事にしてるやつ。西川景子（にしかわけいこ）さんっていうんだけど。清潔感みたいに装えるものじゃなくて、生活態度そのものが清く正しい感じ』

『ごめん、よく分からないかも』

『いいね、その困ってる感じ。普通っぽい』

なんだか美波さんは、僕が参加することが決定事項かのようにはしゃいでいた。

『というわけで、早速部室に行こう。先生、月島くん借りていっていいですか？』

『いいよ〜。返却しなくていいからね〜』

『レンタル映画みたいに言わないでくださいよ。え、本当に行くの？』

そうして僕は美波さんに背中を押され、半ば強引に部室に連れていかれた。

そして……胡散臭いものでも見るように、速水さんに睨(にら)まれている。

その速水さんが向き直り、美波さんに問う。

「ねぇ翼、やっぱり今回も四人だけで映画を作らない？　脚本は書き換えるから」

「葵、皆で決めたこと忘れたの？　インディーズ映画祭で賞を取れるように、今回は分かりやすい題材でいくって決めたじゃん。そのためには男の子の役が必要でしょ」

「それは、監督の翼が主役も演じればいけるよ。男の役である必要はないっていうか」

「女同士の友情物語に変更するの？　それだと企画の主旨から外れるよ」

美波さんと速水さんは真剣に議論していた。しかし肝心なことが抜けている。

僕は連れて来られただけで、主役を演じるとは言っていないのだ。

そんな僕の心情は置いて、二人は会話を続ける。

「そもそもさ、葵はどうして男の子を入れるのが嫌なの？　今回は脚本だって、男の子の分も書いてくれたじゃん」

「まぁ初めはいいかなって思ったけど、志願してくる男って映画目的じゃなくて、大体が翼か笑菜目的じゃん。そのことで心底、嫌になったっていうか」

「月島くんは、そんな不純な動機じゃないよ」

「はぁ。そうですか。でも、どうだかね」

多少コミカルになるが、口を挟みたかった。「いえ、そもそも僕は志願していません」と。

そんなことを考えていたら、いつしか速水さんに見つめられているのに気付く。

「ねぇ。えっと、なんだっけ、月島だっけ？」

「あ、はい、そうです」

「なんで緊張してるの？」

「普通、睨まれると緊張すると思います」

素直に応じてしまうと速水さんが渋面を作る。はぁと息をついたあとに尋ねてきた。

「あのさ。面倒臭いお願いだし、礼儀知らずかもしれないけど、ちょっと言ってもらっていい？　私は美波翼さん目的ではありませんって」

「え、どうして？」

「いいから」

「えっと……私は、美波翼さん目的ではありません」

「それって本当？」

「え、あの」

「答えて」

「本当です。別に、その……。そもそも、そういう意図とかは、全然なくて」

戸惑ってしまうが、自分の中にどんなやましさもないのは事実だった。何か不純な動機でこの場にいるわけではないからだ。そんな僕を、速水さんがじっと見ていた。

しばらくすると、少しばかり意外そうに呟く。

「あれ。ひょっとして……嘘じゃない？」

何をどう判断したのかは分からないけど、安堵しながら僕は言う。

「あの、すみません。そもそも僕は、映画に参加するとは言ってないんです」

「は？ ちょっと翼？」

「あ～ごめん。経緯を伝え忘れてたね。保健室に張り紙の許可を取りに行った時に、月島くんがいてさ。募集してる人のことを話したら、先生が月島くんを連れていけって」

「じゃあ可哀想だし、帰してあげなよ。翼が無理矢理連れて来たってことでしょ？」

速水さんが深々と息をつく。先生の言葉が確かなら、二人は幼馴染ということだ。

自由奔放な美波さんと、しっかり者で振り回されている速水さんという構図がなんとなくだけど見えた気がした。

しかし、僕はこの場でどうあるべきか迷っていると美波さんに尋ねられる。

「ちなみになんだけどさ。月島くんは、どう？　映画は？」

「え、どうって……」

「興味ない？」

「それは……。観るのは普通に好きだけど、自分が映画に出ることなんて、考えたこともないっていうか」

僕と美波さんは皆の前で立っていた。肩が触れ合うような距離にいて落ち着かない。

視線をそらすと、美波さんの手が肩に置かれる。

「大丈夫。誰でも初めは緊張するものだから」

「いや、でも」

「すぐに慣れるから」

「けど、あの」

「やってるうちに楽しくなるから。抜けられなくなるから」

「え、ん？」

「翼、幼馴染がセクハラしてる場面なんて見たくないし、離してあげなって」

部室を訪れる前の保健室でもそうだったけど、美波さんの性格が少し違って見えた。いつも以上に自由というか、自由すぎるというか……。

「なんだか美波さん、ちょっと性格変わってない？」

思わずそう言うと、美波さんが驚いたように眉を上げる。

「え？　あ〜うん。そうかも。葵からはよく映画バカって言われるけど、映画のことになるとちょっと……いや、大分変になるかも」

「大分くらいですまないから。皆が思ってる以上に、翼はかなり変だから」

どこか辟易(へきえき)したように速水さんが告げ、美波さんがあっけらかんとした調子で笑う。

去年は同じクラスだったが、それは初めて知る美波さんの姿だった。

こうして関わってしまったからだろうか……。

美波さんの違った一面を、もっと見てみたいと思っている自分がいた。

でも、だからといって映画の制作に参加するのは躊躇われた。そもそも主役なんて無理に決まっている。迷惑をかけるだけだ。

それに病気で死ぬかもしれない僕が誰かと関われば、その誰かをいつか悲しませる。

特別な関係でなくたって、身近な人間が死ぬのは辛(つら)い。

だから僕は関わり合いを避けるべきだ。それが正しい在り方のはずだ。

僕が言葉を詰まらせていると「検討だけでもしてくれないかな？」と美波さんに言われる。台本だというプリントの束を渡され、拒むのも悪い気がしたので一応受け取る。

《難病の女の子が死ぬ話》という、ある意味でキャッチーなタイトルが記されていた。

どうやらそれが、撮影を予定している映画のタイトルらしい。

そのあと、図らずも美波さんと連絡先を交換することになり、それが終わると退出を許された。部室棟を去り、黄昏時を空に感じながら一人で帰路に就く。

駅に向かう途中、そっと空を仰いだ。命に保証があればな、とつい思ってしまう。

けれど……思えば難病を患っていなくとも、命には元々保証などないのではないか。

4

朝がきて、考えを巡らせながら登校する。昨日から漠然と死について考えていた。

難病を患う前、死とは時間の果てにあるものだと思い込んでいた。

でもそれは違うんだ。今、この瞬間ですらも僕たちは死に引き渡されている。

病気を患っていても、いなくても、変わらない。いつ何が起きるか誰も分からない。

それでも僕には一年という明確な区切りがあるかもしれなかった。

誰かと関われば、やっぱり、それは……。

そんなことを考えつつ授業を受ける。休み時間には窓際の席から外を眺めた。

小さな頃は病弱だったせいか、僕にはある技能が身についていた。クラスに馴染むでも孤立するでもなく、なんとなく教室の片隅に存在する術がそれだ。

やがて昼食の時間となる。少し考えた末にお弁当を持って席を立ち、屋上に向かう。

学校の屋上の周囲にはフェンスが張り巡らされているが、それでも危険ということで扉には鍵がかけられていた。許可を得なければ生徒は立ち入ることができない。

しかし、あまり大きな声では言えないけど、僕は保健室の先生の厚意で屋上の合鍵を渡されていた。屋上の扉を開け、中央へと歩みを進める。空を一人で見つめた。

肌で風を感じていると、その風に乗ってか、様々な音が僕の耳に届く。校舎からの喧騒が小さくだけど伝わる。皆は集合し、寄り添って生きていた。

僕は一人、そことは違う場所にいた。病弱だった小さい頃からそうだ。

僕はいつも、一人で……。

その時、背後で扉が開く音がする。

思わず振り返り、驚いてしまう。視線の先には美波さんがいた。

見ているとバツが悪そうに微笑んで彼女が近づいてくる。

「ごめん。付いてきちゃった。一緒にお昼を食べないかと思って教室に行ったら、途中で見かけて……。映画のこととかも話したかったし」

心臓がまた、甘く痛む。僕にとってどうしようもなく特別な人が、視界のうちに現れたからだ。気付くともう目の前にいた。

「普通に屋上の扉を開けてたからびっくりしたよ。鍵、持ってたんだ」

「あ、うん。秘密にしてほしいんだけど、実は保健室の先生が合鍵をくれててさ」

「え、嘘。羨ましいな。というか月島くん、なんか先生と仲いいよね」

「どうだろ」

「意味深じゃん。でも先生、綺麗だもんね。皆からも人気あるし、魅力的っていうか」

「だけど僕が好きなのは、美波さんだけだから」

自分でも、どうしてそんな台詞が簡単に口から出たのか分からなかった。

いくら一度告白しているとはいえ、自分に驚く。

それは美波さんにとっても同じなようで、目を丸くしていた。彼女がそっと笑う。

「月島くんって、意外に情熱的だよね」

「え、や、違うくて。その、なんか、つい……。あの、だから」

「耳、真っ赤だよ。可愛い」

「やめてよ。恥ずかしい」

からかわれて、自分がどんどん赤くなっていくのを自覚してしまう。

そんな僕を見て美波さんは笑っているだろうかと思ったが、少し違った。

笑ってはいたけど、なぜか、どこか寂しそうでもあった。

途端に僕は自分の中に静けさを囲ってしまう。やがて彼女が尋ねてきた。

「その……。ちょっと聞いてみたいことがあるんだけど、いいかな？」

「え？　うん。いいよ。どんなこと？」

「月島くんはいつ、優しい稲妻に打たれたの？」

「優しい稲妻？」

「そう、優しい稲妻」

美波さんはそう言って応じると、視線を空に預けた。何かの台詞を口にする。

「恋をしなければ、人生に意味はない。相手を想って、死ぬほどの切なさを感じなければ生きることに価値はない。恋ができないのは努力をしていないからだ。誰にも心を開こうとしないからだ。心を開いて生きろ。そうすればいつか、優しい稲妻に打たれる」

印象的な内容ではあるが聞いたことのないものだった。気になって問いかける。

「それは？」

「私が好きな映画の台詞。お爺ちゃんが孫の女の子に言うの。恋を知りなさいって」

それからまた、彼女は寂しげに笑う。

「実は私、誰かを好きになるってことが、よく分からなくて」

それは意外な言葉だった。

「え、つまり……誰かを好きになったことが、ないってこと？　今までに一度も？」

「うん。一度も。小学生の頃からずっと映画作りに夢中になってたからかな。大事なものが欠けちゃったのかもって……たまに、真剣に悩む時がある」

どんな自分という存在も、近寄って見つめれば複雑なものだ。それは彼女にとってもそうなんだろう。人気のある彼女が、誰とも付き合っていない不思議が少し分かった。

「そんなに昔から映画を作ってたんだ。でも別に……そこまで気にする必要はないと思うけど。ちなみに、タイプとかはないの？　こういう人が好きとか」

「これ言うと、映画の観すぎって葵に呆れられるんだけど。強いて言うなら、映画の主人公みたいな人かな。陰があるっていうか、悲しみを背負って戦ってるっていうか……。秘密があって、それを隠してるみたいな。分かる？」

思わず苦笑しそうになってしまう。そんな人物と背景はまるで違えど、自分と似通っている面がわずかにあったからだ。

「あ、笑われた」

「いや、違うよ。馬鹿にして笑ったとか、そういうことじゃなくてさ。でも……そういう人が格好良いのは、俳優さんが格好良いからなんじゃないかな」

「見た目は関係ないよ。生き様がいいっていうか。私、特に外見は気にしないし」

「容姿に恵まれてる人は、そうだって言うよね」

口にした直後、失言だと気付いた。だけど美波さんは冗談にして茶化してくれた。

「それってまさか、私のこと言ってる？　じゃあ……ひょっとして月島くんは、私の容姿に惹かれて好きになったとか？」

「……それだけじゃないよ」

それだけだったら多分、わざわざ想いを伝えたいなんて思わなかっただろう。

あなたの人格や精神に惹かれていたから。

優しい人だと、区別や差別をしない人だと知っていたから。

迷ったが、僕は覚悟を決めて話すことにした。優しい稲妻に、打たれた時のことを。

「皆……忘れたように、なかったことみたいにしてるけどさ。一年生の時、僕たちのクラスにイジメられていた女の子がいたよね。二学期に転校しちゃった子が」

昔のことを口にすると、美波さんが表情をかすかに深刻なものに変えた。

「僕はイジメに加担しなかったけど、でも、助けることもできなかった。本当は毎日、彼女に挨拶しようと思ってたんだ。誰かに声をかけられるだけでも、きっと違ったと思うから。なのに、本当に情けない話だけど……皆の前だとそれができなかった。たまにこっそり挨拶して、笑いかけるくらいしか」

イジメがあったといっても、クラス全体でその子をイジメていたわけじゃない。やっていたのはごく少数の女生徒だ。しかしイジメの時の独特の空気を読んで、僕らは見て見ぬフリをしていた。最悪だった。消極的にイジメに加担していたようなものだ。

だけど美波さんは僕らとは違った。

イジメに気付いたうえで、自分からその女の子に挨拶していた。さりげなく話しかけて、授業中もその子が輪から外されていると、自分たちの輪に誘った。

結局、その女の子は夏休み明けに転校してしまった。イジメが校内で問題となり、指導も厳しくなって、クラスの皆は過去のイジメそのものをなかったように扱った。

そんな中でも、転校してしまった女の子が美波さんに感謝していたのは知っていた。話しかけられると、すごく嬉しそうにしていたからだ。

長くなるので全部は話さなかったが、その時のことがきっかけにもなって、美波さんに惹かれ始めたのだと伝えた。驚くほどに静かに、素直に伝えられた。

するとと不思議なことが起きる。美波さんがきょとんとしていたのだ。

「あ、でも、その……。私があの子に声をかけたの、月島くんがきっかけなんだけど」

思わぬ発言に困惑していると、自嘲するように彼女が笑みをこぼす。

「私、月島くんより先にイジメには気付いてたと思う。でも変にとめに入ると、イジメが陰湿になることもあるからさ。動けずにいたんだよね……。そうしたら月島くんが挨拶してるの見て、そっか、それだけでも大分違うんだなって気付いたんだ」

「でも僕……毎日じゃないし、こっそりとしか挨拶できてなくて」

「難しい問題だしね。だけど月島くんきっかけで、私は挨拶できるようになったから。ちなみにあの子、転校先では頑張って、うまくいってるみたい。今でも時々メッセージがくるんだけど、別の場所で自分の居場所を見つけられたって。写真あるけど見る？」

そう言うと美波さんは、転校した女の子が見慣れない制服を着て、友達らしき人たちと楽しそうにしている写真をスマホで見せてくれた。僕は無言でそれを見つめる。

彼女がどうしているか気になっていた。転校した時の心情を考え、勝手に心を痛めていた。それが今、彼女が笑顔でいられる場所を見つけたと知り、驚きながらも安心してしまう。きっと簡単ではなかったと思うけど、友達と笑っている姿を見て……。

「知らなかった。でも……よかった」

安堵して呟き、視線をスマホから上げる。目が合うと美波さんが微笑んだ。

その直後、きゅうと耳慣れない音がする。彼女が「あ」と言ってお腹を押さえた。

「ごめん、私だ。月島くん、そろそろご飯食べない？」

照れるでもなくそう言って笑うと、彼女は持っていたお弁当袋を掲げてみせた。

そのまま屋上で、二人でお弁当を食べることになった。日差しこそ少しあったが、塔屋と呼ばれる階段と連なった建物の陰に隠れると、気にならなくなる。

座る場所の付近をハンカチで払ったあと、塔屋の壁に背中を預けて僕らは座る。それぞれの手にはお弁当があった。いただきますの挨拶をして食事を始める。

「わ、月島くんの家の卵焼き、なんか凝ってて美味しそう」

「あぁ、うん。父親の趣味が料理でさ。よかったら一個どう？」

「ありがとう。じゃあ代わりに、我が家の卵焼きをあげるよ」

不思議な気分だった。美波さんと屋上でお弁当を食べている。おまけに僕は今日、以前みたいに不完全な方法じゃなくて、自分の想いをちゃんと彼女に伝えられていた。

昼食の最中、箸を休めて視線を彼方に送る。空は気持ちよく晴れていた。

隣には好きな人がいて、僕にはわだかまりも、やりたいこともなくなって……。

今、死ねたらいいのかもしれないなんて、不謹慎なことを思ってしまう。

ただ、そう簡単に命は尽きない。無言で空を眺めていると視線を感じた。顔を向けると美波さんは笑顔になり、両手の人差し指と親指で窓みたいなものを作る。

「どうしたの？　あ……ひょっとして、映画の参考か何か？」

「分かった？　月島くんの憂い顔がいい感じだったから」

「憂い顔っていうか、単なる間抜け面だと思うけど」

「そんなことないって。ちなみに月島くん、なに考えてたの？」

「え？　その……いい天気だなって思って」

「嘘っぽい」

図星を突かれ、思わず笑ってしまう。彼女も微笑んで手を下ろした。

その時になってふと、彼女に尋ねてみたいことが生まれているのに気付く。

「そういえば確認してなかったんだけど、美波さんが監督なの？　映画のさ」

「あぁ、言ってなかったっけ。そうだよ。葵が脚本で私が監督。私の場合は趣味でカメラも兼ねてるけど」

「映画を作り始めたきっかけって、何かあるの？」

「ん～、割と単純だよ。昔観た映画で、主人公が映画を撮っててさ。自分も撮ってみたくなったんだよね。葵がそういうのに昔から詳しかったし、協力してもらって」

「へぇ、そうなんだ。なんか、いいね」

「だけど時間のやりくりが大変なんだ。撮りたい題材もいっぱいあるし、色んなコンクールにも挑戦したいし。最近はインディーズ映画も盛り上がってて、今年の夏も――」

美波さんは楽しそうに語っていた。彼女は新しく何かを作り続ける人間で、これからもそれは続いていくのだろう。少しだけ羨ましくなる。

でも、だからといって……やはり彼女の映画に参加するのは躊躇われた。演技もしたことがないのに自分が主役となり、作品をダメにしてしまうのが怖かったからだ。

「ひょっとして月島くん、ちょっと映画作りに興味出た？」

僕の心情に気付いたわけでもないだろうけど、美波さんが前のめりになって尋ねてくる。僕は控えめに笑った。

「ほんのちょっとね。でも……僕には演技の経験だってないし」

「それなら大丈夫。私たちの撮る映画に、演技の経験は必要としてないから」

「あるある。たっくさんある。演技よりも登場人物らしさが大事だからさ。あえて演技の癖がない素人を毎回主役にして、それで国際的な賞を取ってる監督もいるし」

また、僕の知らない美波さんの一面を垣間見た。彼女の言葉には熱意と誠意が込められ、真剣に映画制作に取り組んでいることが伝わってきた。

彼女は映画を作ることが楽しくて仕方ないのだろう。

それからしばらくしてチャイムが鳴り、お弁当を片付けて屋上をあとにする。

別れ際、彼女は僕に「連絡、待ってるからね」と言ってきた。僕は曖昧に笑う。

ひと気のない廊下で背中を向け合い、教室に戻るために歩き出す。

「月島くんっ！」

その途中、背後の美波さんに呼び止められた。思わず振り返る。

「月島くんも私たちの仲間になってよ～。一緒に映画を作ろ～！」

少し離れた場所から美波さんが声を上げ、そんな言葉を笑顔でくれた。

僕は再び曖昧に微笑み、「また連絡する」と言葉を返す。美波さんは頷いた。

午後の授業が始まり、いつも通り平穏に教室での時間は過ぎる。休憩時間になれば、教室ではそれぞれの喧騒が生まれた。しかし僕はそこから離れている。

いつも通りの僕だけの静寂が、なんだかたまらなく静かに感じた。

だけどそれも、今だけのことのはずだ。明日になれば、僕の人生が静かだということにすら気付かなくなる。ただ当たり前の静けさが、目の前に横たわっているだけで。

それでいいし、それがいい。粛々と淡々と、一人で叶えられる願いをどうにか見つけ、死ぬまでそれを一人で遂げていく。

そう思っていたはずなのに、僕は自分に戸惑っていた。帰宅すると僕は自分の部屋でやりたいことノートを取り出していた。そして、そこに新しく願いを書いていた。

・ダメになってもいいから、映画作りに挑戦してみる

無言でノートの文字と対峙する。大袈裟に言えば、そこには人生の選択があった。

残り一年に満たないかもしれない時間で、僕が何をするのか、何をしたいのか。

人と関わっていきたいのか、そうではないのかの選択があった。

ノートの前から動けずにいる間にも、時間は過ぎていく。こんなにも長い間、身じろぎもせずに考えるのは初めてだった。いつしか部屋は夕陽に濡れていた。

そうやって世界はいつも容赦なく進む。僕が何かをしても、しなくても、その間に進み続けていく。その世界で僕たちは、自分の自由は自分で決めなくてはならない。

僕は思い切ってスマホを手に取ると、メッセージアプリを起動した。

《映画作り、僕も参加させてもらっていいかな》

心臓の鼓動を自覚しながら、綴ったメッセージを見つめる。美波さんに送った。

すぐに返事はこないかもしれないと考え、渡されていた台本を開く。字を目で追うことで時間を忘れようとしたが、予想に反して返事はすぐにきた。

《連絡ありがとう！　もちろんだよ。明日の放課後、部室に集合ね。新人くん》

なぜかは分からない。でも、開かれた、と感じた。何かがゆっくり開かれたと。

僕は彼女のメッセージに合わせて《分かりました。監督》と返信する。

そして今日という日と、これからの人生という残された時間を意識して、台本を読む作業に戻った。自分の部屋で、久しぶりに笑っていることに気付いた。

5

「今が五月の三週目なので、なんとか七月に入る前には撮影を終えます。それから夏休みまでに編集を完了させて、インディーズ映画祭に映画を出します。以上です」

翌日の放課後、僕は緊張しつつも映画制作部を訪れた。既に来ていた美波さんに歓待され、速水さんからは怪訝な目で見られ、用意されていた五つ目の椅子に座る。

そのあと、部長を務めている美波さんから今後のことを教えてもらった。

撮影期間は約一ヶ月で、編集期間は二週間を予定しているとのことだ。映画作りの経験がないので正確なことは分からないが、タイトなスケジュールな気がした。

助監督と脚本を兼任しているという、副部長の速水さんのことも紹介してもらう。

二人は保育園時代からの幼馴染で、小学生の頃から一緒に映画を作っているらしい。

「翼、本気で月島のことを勧誘してたんだ。さすがに主役は断られると思ってたのに」

どこかげんなりしたように速水さんが言い、美波さんが軽やかに応じる。

「そりゃ本気だよ。ぴったりの人選だし、是非とも映画に出てもらいたかったからさ」

「ちなみにもう一回確認するけど、企画からやり直す気はないんだよね？」

「うん。申し訳ないけど、その気はないかな。というか、葵がいつも言ってたことでしょ？　一般受けを意識しろって。春休みから企画を進めて皆も納得できるものになったんだし、捨てるのは勿体ないと思う。私だって、挑戦してみたいと思えたんだから」

それからも二人は真面目なトーンで話していたが、最終的には速水さんが折れたようだった。大きく息を吐いたあと、その速水さんが僕に質問を投げかけてくる。

「月島、演技の経験は？」

速水さんには独特の雰囲気があった。大人っぽいというか、気怠げというか。

「あ……えっと、ないです」

「小学生の頃とか、学芸会でなんの役をしてた？」

「木ですね」

「木」

「村人みたいなのもやりました」

「村人、みたいなの。……みたいなのって、なに？」

「えっと、村人らしきものだった気がするので。……町人かもしれません」

吟味するような目で速水さんに見つめられる。

小学生の頃はよく熱を出していて、いないと困る役を任されたことはなかった。

素人とはいえ、いくらなんでも経験がなさすぎただろうか。

「じゃあ、変に経験ないのはいいか」

しかし何かに許されたようで、ほっと息をつく。気付くとそんな光景を美波さんがスマホで撮影していた。

「あれ？　なんで撮ってるの」

「いや、いいシーンだなと思って。緊張と安堵が自然に表れてた」

「月島、映画制作部にいる限りこれが日常になるからね。カメラ慣れと演出の参考資料という名目で、翼に無許可で撮られるから」

思えば美波さんは一年生の時から、友達や外の景色をよく撮影していた。あれも映画制作のためだったのかもしれないと考えていると、部室の扉が開く。

「遅れちゃってごめんなさい。ホームルームが長引いちゃって」

「ごめんなさーい」

一昨日も部室にいた後輩の女の子たちが現れた。僕を「あっ」といった感じで一瞥したあと、それぞれの席に腰かける。そんな二人を美波さんが紹介してくれた。

「こっちの小さいのが一花。一学年下だけど、葵と同じく保育園の頃からの幼馴染。部活では役者をやってもらってる。で、のほほんとしてて髪が長いのが笑菜。中学からの後輩で、こっちも役者」

紹介された二人がこちらに向き直る。僕は簡単な自己紹介をした。

「えっと、この間はどうも。月島誠といいます。一年生の時に美波さんと同じクラスで、その縁もあって今日から参加させてもらうことになりました。宜しくお願いします」

「はっ、はい！　宜しくお願いします」

挨拶をすると、美波さんの幼馴染だという一花さんが代表して挨拶を返してくれた。二人とも役者なら、これから撮る映画にも出演するんだろう。どちらがヒロイン役だろうかと考えていると、笑菜と呼ばれていた子にじっと見られているのに気付く。

「あの、どうしました？」

「気になってたんですけど、月島さんって、翼ちゃんのこと好きなんですかー？」

一瞬にして部室の空気が固まる。

我ながらに間抜けなことだと思うけど、視線をつい美波さんに向けてしまった。彼女が告白の話をしたと考えたわけじゃないが、ほとんど反射的な行動だった。

美波さんは驚き、何かを察してか首を横に振る。ただ、僕の反応は決定的だった。

「あー。ごめんなさい……。変に追及するつもりじゃなかったんですけど……」

笑菜さんが申し訳なさそうに謝った直後、速水さんが鋭く睨みつけてくる。

「月島。そういう目的なら出てって」

「え？」

「早く出てって。それで皆、今から企画をやり直すよ。まずは脚本を変更して――」

慌ててしまったが、その場は美波さんが収めてくれた。しかし、僕が美波さんに好意があることを多分全員に感じ取られてしまう。速水さんから警告を受けた。

「翼だけじゃなくて、部員に変なことしたら容赦なく追い出すからね。場合によっては教育委員会か警察だから」

「葵、大袈裟だって。月島くんはそういう人じゃないから。私のことにしても、一年生の時に同じクラスだったし、それで親しく思ってくれてるだけで」

「葵先輩、私も変なことを月島さんに聞いて悪かったので、許してくださいよー」

いずれ皆には勘付かれてしまうことだろうし、笑菜さんが悪いわけでもない。

なんとか気を取り直してそれから部活が開始となる。美波さんが全員に呼びかけた。

「それじゃあ月島くんを交えての初日だし、今日は台本読みをしよっか。本番では台本通りの台詞じゃなくてもいいんだけど、月島くんに話の流れを把握してもらいたいし」

「あ、でも一応、台本は全部読んできました」

僕がそう応じると、美波さんが軽く眉を上げる。

「え、そうなの？　さすが月島くん。真面目だね。やっぱり月島くんでよかったよ」

美波さんから褒められ、お世辞だと分かっていても照れてしまう。

けれどその反応が良くなかったのか、容赦ない言葉が次に放り込まれた。

「なら今日から撮影しよう」

「え、今日からって……」

驚いて声の主に目を向ける。速水さんだった。

いきなり撮影と言われて面食らっていると、彼女が台本を手に取る。

「台本の流れが頭に入ってるなら、問題ないでしょ。撮影許可も屋上を含めて学校から下りてるし。何よりも月島は撮影が初めてなんだから、現場の空気感とか撮影の流れを体で覚えてもらわないと。それとも……文句ある？」

じろりと見つめられ、僕は言葉を失くす。そんな僕の背後では、ほかの三人がそそくさと機材の確認などを始めていた。

なんとなくだけど、速水さんだけは怒らせてはいけない気がした。

部長であり監督である美波さんの指揮のもと、その日の部活が本格的に開始となる。

アルバイトをして自前で調達したという撮影機材を部室から持ち出し、《難病の女の子が死ぬ話》の撮影を屋上で行うことになった。

ちなみに映画のタイトルは、本当なら美波さんは情緒がある芸術的なタイトルにしたかったみたいだ。ただ、一般受けする作品を作るのが今回の主旨ということで、ある意味でキャッチーで目を引く今のタイトルに決まったそうだ。

慣れた様子で皆が準備を屋上で進める中、なんでもないように美波さんが言う。

「じゃあ今日だけど、葵が言うように現場や撮影に慣れてもらうためにも、月島くんメインの撮影でいくから」

「分かりました。でも、本当に大丈夫かな」

「大丈夫。演技は必要ないシーンを選んだから。ページで言うと——」

指定されたシーンを台本で確認する。気になっていた配役だけど、ヒロインは笑菜さんが務めるということだ。そのヒロインの余命を知った主人公が一人で空を眺め、そこに一花さん演じる友人が現れて元気づける。台本にあったのはそんな場面だ。

撮影慣れを重視して、極力台詞のないシーンを選んでくれたらしい。

そして実際の撮影は、思っていた以上に本格的だった。複数台のカメラをセッティングしている。しかし、カメラは想像していたものではなく全部がスマホだった。

驚いていた僕に、速水さんが淡々と教えてくれる。

「スマホは小さくて色んな場所に置けるから、新鮮な画が撮れるんだよね。アプリも便利で、カメラに比べれば安くて画質も悪くないし。商業でもやってることだよ」

速水さんと美波さんは、映画に対して随分とこだわりがあるようだった。

絵コンテと呼ばれる、撮影シーンの設計図が必要だということは事前に調べて知っていたけど、「それに縛られると、想像以上のものが出てこなくなるから」という理由で作らないらしい。

その代わり、二人は複数のスマホを様々な場所に置いてアングルを探っていた。

撮影用のスマホにはそれぞれ画面共有できるアプリが入っていて、現場にあるノートパソコンで一括してアングル確認が行えるという。

リハーサルをして問題ないことが分かったあと、美波さんの声で本番が始まる。

「それじゃ、気軽にやってみようか。本番。よーい……スタート」

無理に演技する必要はないから悲しいことを考えていて、と言われ、僕は空を見ながら悲しいことを考える。割と深刻に悲しくなっていると、「カット」の声が響いた。

「月島くん、いい感じ〜」

「いや、単に突っ立って空を見てただけだから」

それ以降も台詞なしの撮影が続いた。いくつかカットを試したいということで、僕は塔屋にもたれかかったり、屋上のフェンスを摑んだりしているだけでよかった。

撮影の合間、速水さんが「いっそ主人公の台詞が一切ない形にしてみる？」と美波さんに相談していた。今日は撮影予定のない笑菜さんも「自撮り棒で上から撮ってみたんだけど、この画って使えないかなー？」とアングルの提案をしている。

皆で知恵を絞り、その場で映画を作り上げているという感触が新鮮だった。緊張感こそあるが、昨日とまったく違う世界に足を踏み入れたようで楽しい。ただ……。

「じゃあ次、女友達に慰められるシーンいこうか。少ないけど台詞があるから宜しく。声は葵が拾うし、風の音も処理するから、無理に大きな声を出さなくていいからね」

まずは一花さん演じる女友達が屋上に現れるカットを撮影した。それから彼女が、フェンス近くにいる主人公役の僕に近づいて来る。大丈夫かと尋ねられるのだが……。

「ぼ、ぼ、きゅは、だいじょぶ」

振り向いてからの台詞で僕が盛大に嚙んでしまう。演技以前の問題だった。

その日の夜、僕は自分の部屋で美波さんが貸してくれた映画を観ていた。

結局、あれから何度かやり直したが、発声や滑舌の問題もあって台詞はアフレコになった。台詞だけを別に録音し、編集時に声を振り当てるという方法だ。

アフレコはよくあることなので、まったく問題ないと言われた。しかしあまりにも情けないため、発声練習とともに演技の勉強もしようと思い立つ。

だけど美波さんからは勉強しない方がいいと助言を受けた。彼女たちが撮っている映画はどちらかというと静かな映画で、演技らしい演技は極力排しているということだ。

『あのね、登場人物になるの。それで登場人物だったらどういう反応をするか、自然に演じるっていうか、演じないっていうかー』

ヒロイン役の笑菜さんにそう説明されたが、分かるようで分からなかった。

そこで参考に美波さんが映画を貸してくれた。少し特殊な作品で、話の流れやキャラクターは決まっているが、台詞は役者が流れに沿ってアドリブで発しているというものだ。主要人物の役者はほとんどが素人だが、それで国際的な賞も取っているらしい。

その映画では役者が咳をしていた。声も小さい。台詞が被っているところもある。

でもなんというか、たまらなく自然だった。自分もその場にいるかのような距離感で、不思議と引き込まれる。映像も美しく、一時間半があっという間だった。

続いて美波さんたちが中学の頃に制作し、コンテストで優秀賞を取った映画を観る。

これから作ろうとしているものと同じく三十分ほどの映画で、笑菜さんの演技や存在感に思わず圧倒された。そこに笑菜さんではない別の人物がいるかのように感じた。

その笑菜さんが《難病の女の子が死ぬ話》ではヒロイン役を務める。相手役は僕だ。

自分はかなり場違いなことをしているのではないかという考えに囚われる。映画や演技の知識もないのに、滑舌すら危うくて、それで……。

「可愛いな、この子」

「え……うわぁっ！」

イヤホンをつけて映画に集中していたら、いつの間にか父親が隣にいた。いつ部屋に入ってきたのか分からなかった。反射的に映画をストップさせる。

僕が慌てているのを変な意味にとったのか、意味深な表情となって父親が笑う。

「悪い悪い。ストーリー性のある、アダルトなビデオの鑑賞中だったか」

「いや、違うって」

「すまん。たまたまアダルトなシーンがある、ストーリー性のあるビデオだったか」

「さっきのと、どこが違うの」

「ま、細かいことは気にするな」

そう言って父親が豪快に笑ったあと「で、なんの映画を観てたんだ」と尋ねてくる。

分かっていたのなら、からかわないでほしい。

「えっと、友達が中学の頃に撮った映画で、それを観てさ」

「友達？　そうか……」

家族には映画の撮影に参加し始めたことは話していなかった。色々と理由はあるけど、自分が主役で映画を撮っていると話すのが、恥ずかしかったからでもある。

「っていうか父さん、何か用だった？」

「あぁ、先に風呂に入ったから、誠もそろそろ入れって言いにきたんだ」

「分かった。もう少ししたら入るよ。そういえば母さんは帰ってきたの？」

「いや、今日はちょっと遅くなるみたいだな」

我が家は共働きだが、今は父親よりも母親が多く働いている。代わりに在宅勤務で融通の利く父親が、家のことはほとんどやってくれていた。

「よし、伝えたからな。ちゃんと肩まで湯につかって百数えるんだぞ」

「子どもじゃないんだから」

父親が笑って部屋を出ていく。その後ろ姿を僕は無言で見つめた。

ああ見えて父親は、以前は投資ファンドの実績あるマネージャーだったらしい。らしいというのは、触れ合う機会も少なくて当時は父親のことをよく知らなかったからだ。

父親と母親は昔は都心部で働き、特に父親は昼も夜も関係なく仕事をしていた。

しかし僕が小学生の頃に入退院を繰り返していた時期があって、父親は何か思うところがあったのか、その時期にファンドの仕事をやめてしまった。僕の状態が落ち着いたところで空気が綺麗な地方都市に引っ越し、それ以降は在宅で行える仕事をしている。

新しい家では学校から帰ると必ず父親がいた。父親はいつも僕を大切にしてくれた。

過保護なくらいに構って、世の中に辛いことや悲しいことなんて存在しないみたいに豪快に笑っていた。

……僕が死んだら、父親はどうするのだろう。

考えまいとしていた懸念が、ふと脳裏を過る。その懸念を振り払うと同時に、父親や母親のためにも、頑張って映画の主役を務め上げるべきだと思い直した。

余命宣告されたあとでも、僕は僕で自分の世界を持ち、ちゃんとそこでやっていた。それを伝えることこそが、僕にできる最大の親孝行なのかもしれないのだから。

そのためにも、僕は映画を遺したいと思い始めていた。いつか僕が病気で亡くなった時、遺品としてその映画を二人に観てもらって、それで……。

そう考えた僕は、美波さんたちが中学生の頃に撮った映画の続きを観る。

いい映画にしたいと思った。少なくとも、足を引っ張るようなことはしたくないと。

6

翌日の木曜日の放課後は、主人公にもいくつか台詞があるシーンの撮影だった。

脚本を担当している速水さんが主人公の台詞は必要最低限になるように削ってくれたらしく、新しい台本を渡される。

滑舌が良くなる口の運動を教えてもらっていた甲斐もあり、リテイクを重ねながらも、その日の一花さんとの撮影をなんとか乗り切る。かなりホッとした。

金曜日の撮影も、失敗こそ多々あったがどうにかやり切る。

問題は休日となる土曜日にあった。初めて笑菜さんと撮影をすることになる。保健室で主人公がヒロインと話し、ヒロインの口から余命を聞かされる場面だ。

土曜日であれば保健室を撮影に使ってもいいということで、当日は午前中から部室に集まった。機材を持って保健室に赴き、先生に挨拶して撮影の準備を始める。

先生は僕が撮影に参加しているのを見て驚いていた。ニィと笑ってくる。保健室に用事がある生徒が訪れたら連絡することにして、職員室へと向かう先生を皆で見送る。

「よし、なら月島くんと笑菜はベッドの前に来てもらえるかな。今日なんだけど――」

そのあとに美波さんに呼ばれ、笑菜さんも含めて撮影の段取り確認をした。

笑菜さんの演技は映画で目にしていた。彼女は単に容姿が優れているだけの女の子じゃない。普段の様子からでは想像もできない演技の深みが、彼女にはあった。

「それじゃ月島くん、キャラクターは等身大でいいから。片思いの相手の余命が短いことを知ったらどうするか。それを極端じゃなくて、自然な反応でやってみて」

美波さんから演技指導を受け、僕は緊張しながらも頷く。

「あと、笑菜は芝居の流れに応じて台本とは違う台詞になると思うけど、月島くんも無理に台本通りじゃなくていいからね。台詞を暗記すると忘れた時にとまっちゃうし、言葉も発声も不自然になるから。とにかく自然なシーンになるよう気を付けて」

台本通りじゃなくていいとは連日言われていたことだ。演技経験のない僕はその方が有難い。やってみるまで分からない不安もあるけど、それも含めて楽しめていた。

速水さんが進行確認をし、本番前に必要なことが一通り終わる。「軽くやってみようか」と美波さんが声をかけて笑菜さんがベッドに座る。僕は彼女の前に立った。

「それじゃあ、本番。よーい……スタート」

美波さんの声で撮影が始まり、ヒロイン役の笑菜さんの雰囲気が変わる。

「聞いたんでしょ。私の病気のこと」

その変貌に驚いてしまう。全てを諦めたような、投げやりな人物が目の前にいた。

「あと半年だって。何それって感じだよ。……人間ってさ、そんな簡単に死ぬものなの？　これまで十五年も普通に生きてきたんだよ」

それからも笑菜さんの台詞が続く。途中で一瞬、僕は認識がおかしくなる。

笑菜さんの演技に呑まれていたのかもしれない。目の前にいるのは絶望した同級生だった。難病を患っていて、余命が短く、全てを諦めていて……。

そんな同級生にどんな言葉をかけられるだろう。同情だろうか、慰めだろうか。

自分なりに台詞を返そうとしたら、喉が塞がったような感覚に陥る。なぜだろう。

同情や慰め。……少なくとも僕なら、そんな言葉は欲しくなかったからだろうか。

「カット」

美波さんの声でハッとなる。皆が心配そうに僕を見ていた。そこで僕は、自分が台詞を詰まらせていたことに気付いた。

「あっ、ごめん」

「いいよいいよ、気にしないで月島くん」

「私もよくやることですし、全然大丈夫ですよー」

咄嗟に謝ると、美波さんと笑菜さんが笑顔でフォローしてくれた。

気を取り直してリテイクを行う。撮影に集中すべきだと自分に言い聞かせ、笑菜さんと呼吸を合わせて、ほぼ台本通りに言葉を発した。

しかし、うまくいっていなかった。自分でも途中で分かる。台本の台詞をなぞろうとするあまり、自分のものから離れた不自然な言葉遣いと発音になっていた。

焦ると緊張し、緊張すると自然な演技からどんどん離れていく。

結果、リテイクを繰り返してしまった。

「翼、一回休憩した方がいいかもね」

悪循環にはまり、比喩ではなく視野がどんどん狭くなりかけていると、そんな声が速水さんからかけられる。もう何テイク目かも僕には把握できなくなっていた。

相手役の笑菜さんに申し訳なく、自分でも情けないと分かる表情で謝る。

「気にしなくていいですよー」と彼女は笑ってくれた。なんとか笑みを返していると
「あの、これ」と言って、今日は撮影補助をしている一花さんが飲み物をくれる。

感謝の言葉を伝え、僕は気分転換を図ろうと保健室から廊下に出た。

……情けないにも、ほどがあった。美波さんから誘われた経緯はあれど、自分から申し出て映画作りに参加させてもらっているというのに。ひどい体たらくだ。

休憩は十分間で、体育館と繋がる渡り廊下に赴く。深呼吸をして気を落ち着かせた。

うまくやらなくちゃいけない。次はミスるな。皆の迷惑にならないためにも。

「うまくやろうなんて、思わなくていいから」

そう考えて目を閉じて深く息を吸っていると、落ち着いた女性の声がした。

驚いてしまう。顔を向けた先に速水さんがいた。僕をじっと見ながら近づいて来る。

「誰も月島にそんなこと期待してないから。うまくやろうなんて思わなくていい」

遠くからは野球部の掛け声が発せられ、近くの体育館からはバスケットシューズが床を擦る音や、ボールが弾む音が聞こえてくる。そんな中で彼女の声が透き通って響く。

いつしか速水さんは僕の前まで来ていた。近い距離で向き合う。辛辣ながらも、彼女は僕に何かを伝えようとしていた。臆しそうになる心を奮い立たせ、視線を合わせる。

「うまくやらなくていいって、どういうこと？」

「言葉通りの意味。中学の頃に皆で賞を取った時、審査員の映画監督に言われたことがある。笑菜は芝居の知能指数がずば抜けて高いって。世の中にはそういう子がいる。だけど、あんたはそうじゃない」

「でも……少なくとも、努力はすべきだと思うから。皆の迷惑になりたくないし」

「だったら言うよ。努力するな」

率直な発言に言葉を失いかけるも、速水さんはアドバイスをしてくれていた。

「努めなくていいし、作らなくていい。助監督が何を偉そうにって思われるかもしれないけど、月島からは必死さが伝わってくる。これを言わなくちゃいけないとか、逆にこれは言っちゃいけないとか、そういうこと抜きにして、素のままやって」

必死さ、と言われ、これまで僕が演技していた姿がなぜか客観的に頭の中で再生された。それは現実のものじゃないけど、言われた通りだったかもしれないと思った。

僕はなんだか、いつも必死そうだった。

速水さんの言葉に打たれて呆然となっていると、「葵」と美波さんの声がする。僕らのやり取りを見守ってくれていたようで、美波さんが姿を見せた。

「なに、監督？」

「大事な役者さんをイジメてないか、見に来たの」

「あぁ、別にイジメてないよ。監督が言わないから私が言ったの。作為すんなって」

「葵は言い方がキツいからな～」

速水さんは苦笑するように口角を緩めると「はいはい。すみませんね」と言って軽く手を上げ、背中を見せてその場を去った。あとには僕と美波さんが残される。

「大丈夫？　月島くん」

美波さんが気遣うように微笑んできた。光が雫となって落ちたような、そんな眩しい何かを彼女の笑みに感じる。

きっと僕が心配でわざわざ来てくれたんだろう。監督としての立場がそうさせた面もあるかもしれないけど、彼女の中にある優しさでもある気がした。

「うん。大丈夫」

「くれぐれも無理はしないでね。何度だってやり直せばいいんだし」

「そうだね。でも……少しだけ、分かったかも」

そんなふうに言葉を交わしたあと、美波さんと会話をしながら保健室に戻る。

精神の状態がリセットされたようにさっぱりしていた。自然と肩の力も抜けていた。必死になるなという速水さんのアドバイスが、効いていたからかもしれない。

リテイクを繰り返していることを笑菜さんに謝り、ちょっと素のままでやってみると伝えて撮影に臨む。気楽にいこうと美波さんが微笑み、やがて開始の声がかかる。

「それじゃあ、本番。よーい……スタート」

撮影が始まると同時に、笑菜さんが登場人物そのものになったかのように台詞を紡ぐ。芝居の知能指数が高いと評価される彼女と、僕は素の自分で向き合った。

余命宣告を受けた人間には何が必要だろう。何がこの場で自然だろう。

そう考えながら、僕は自然な態度で言葉を返そうとする。

ただ……その中であることが僕には分かった。僕だから分かった。

目の前のことは、少し違うと。

「あの、さ」

声がかすれた。でも関係ない。かすれることは日常でも普通にある。僕はただ自然に、普通にやればいい。自分の自然を、この場で引き出せばいい。

「君は多分、怒った方がいいよ」

僕の言葉に笑菜さんが驚いていた。わずかに目を見開く。

余命を覚悟した時、人はそんな単純に絶望しないんだ。簡単に無気力にはなれない。

僕はそれをよく知っていた。

「そうやって絶望するのは簡単だよ。だけどさ、絶望しても何も変わらない。周りの人を悲しませるだけで、自分だって悲しくなるよ。だったら……まだ、怒った方がいい」

台本の流れとは異なっていた。それでも僕は続けていた。

「夢も希望もあったのにって……。やりたいことだって、あったのにって。なんで自分なんだ、おかしいだろって。絶望するくらいならそうやって、君は怒った方がいい」

僕の言葉に呼応して笑菜さんが表情を変える。芝居とかそういうことじゃなく、ヒロインとして怒っているような恐れているような表情を見せた。

「あなたに、何が分かるの」

「君が不自然なことは分かる」

「何が、どこが不自然なの」

「君は本当に死ぬんだよ。あと半年？　それでどうして普通なの？　人生を諦めたフリをしてるの？　そんな簡単に諦められないよ。人に当たり散らかしたくなって、普通の人が嫌いになって。そのせいで、自分も嫌いになって……。でも、それでも……」

いつか、暗黒ノートに書き殴った自分の言葉が脳裏に浮かぶ。

もっと生きて──

「もっと生きていたいって、あがくはずなんだ」

次の瞬間、笑菜さんがベッドから腰を上げた。近づいて来たかと思うと、手にしていた枕で僕を叩く。思いも寄らない展開に驚いていると、枕を投げてきた。

「何も知らないくせに、勝手なこと言わないでよ」

見ると、笑菜さんが目に涙を浮かべていた。

「絶望に逃げた方が、楽なの。そんなことも分からないの？」

「楽って、それは、どうして？」

「だって、だって……。期待しなくて、いいから。私は心を動かしちゃダメなの。誰かを憎みたくもないし、羨みたくもない。心さえ動かさなければ、私は、私は……」

笑菜さんの瞳から、涙が線となってこぼれる。

「生きていたいって、生きられるかもって……。期待して、傷つくこともないから」

僕はしばし呼吸を忘れたようになる。目の前にいるのは笑菜さんではなく、余命を告げられた人間だった。いつかの僕が、そこにいた。

「カット」

その声で僕は現実に戻る。ほんの数秒のことだが、これが撮影だということを完全に忘れていた。

「ごめんね〜、翼ちゃん。台本の流れと違うことしちゃって」

先程までのことが撮影だった証拠に、目の前の笑菜さんが普段の彼女となって笑う。何事もなかったかのように涙を拭った。

「月島さんもごめんねー。結構本気で叩いちゃって」

「いや……こっちこそ。台本と全然違うことして、ごめん」

素の自分でやってみよう。ダメならやり直せばいい。そう思って臨んだが、おそらく今のテイクは没だろう。素の自分が映画の主役とは違うことを失念していた。

素の自分はどちらかというと相手役であるヒロインに近い。余命宣告を受けている。

その差異に気を配らなければと考え、リテイクを謝るべく皆に顔を向ける。

速水さんと一花さんが、驚いたように僕を見ていた。

「あ、ごめん。時間も限られてるのに……。使えないよね。自然って結構難しくて」

「いや、そうじゃなくてさ」

珍しく速水さんが言いよどんでいると、美波さんが言葉を引き取る。

「これはこれでいいと思う。すごく良かったよ」

気を遣ってか、そんなことを言ってくれた。こちらも珍しく真顔だった。

「え、そうかな？　なんとか使えそう？」

「うん。びっくりした。あんな演技が月島くんから出てくるなんて思わなかったよ。私としては使いたいから、このあとのシーンを工夫できたらと思うんだけど」

少しだけ変な雰囲気になっていたその場で、美波さんが微笑んでみせる。「ねー。本当、びっくり」と笑菜さんも笑顔を浮かべた。つられてか一花さんも笑う。

それから速水さんも交えて検討し、なんとかそのテイクは使われることになった。

ヒロインが感情を露わにしたあとのシーンも、話が繋がるように速水さんと美波さんが流れをその場で考えて調整し、それに沿って撮影を行う。

昼食や休憩を挟みながらも、夕方になる前には保健室での撮影は終わった。

保健室の先生に連絡を入れてお礼を言い、部室に戻る。機材を片付けたり充電したりしている間、美波さんが確認を兼ねて撮影データの編集をパソコンで行っていた。

簡易的ではあるが、その編集が三十分もしないうちに終わったということだった。流れに違和感がないかを皆で確認するため、編集中のデータを美波さんが再生する。

「君は多分、怒った方がいいよ」

画面の中で、真顔で僕がそう言っていた。自分を客観的に見て妙な気分になる。変に真剣な顔をしているし、思っている以上に声が高くて恥ずかしい。そんな僕を美波さんは茶化し、速水さんからはアドリブについて何か言われるものだと思っていた。

「……いいね、やっぱり」

それなのに美波さんは茶化すことなく、真面目な顔でそう言った。やがて別のスマホが捉えていたアングルに画面が切り替わり、笑菜さんが僕を叩いている場面が映る。

「私の台詞とお芝居、ちょっと陳腐だったかもしれないねー」

僕からすると圧巻の演技だが、笑菜さんが淡々とした口調で厳しく評価していた。

「笑菜の台詞は真に迫ってて、いいと思うよ。芝居も過剰じゃないし」

美波さんもまた淡々とした調子で、笑菜さんに意見を返す。

「かなー」

「どうしてあんな台詞が出てきたの？」

「多分だけど、月島さんに引っ張られたんだと思う」

二人は監督と役者として、演技を分析したり、反省したり評価したりしていた。

一方、速水さんは無言で画面を見つめていた。そんな彼女に美波さんが話を振る。

「葵も、いいシーンになったって思うよね」

速水さんはすぐには答えず、じっと画面に視線を注ぎ続けていた。

「……まぁ、いいんじゃない」

本心なのかは分からないけど、しばらくするとそう言ってくれた。

7

保健室での撮影を境にして、演技に対する僕の認識が少し変わった。

どうやっても僕は素人で、それ以上でも以下でもない。なら変にうまくやろうとせず、その場における自分の素直な反応を、誠意をもって引き出そうと頑張った。

そういった試みを通じて、わずかながらコツが摑めた気がした。ただそれは、日常的な演技を求められているからこそ対応できたものだ。僕じゃなくてもこなせたことだ。

それでも放課後の撮影が楽しみになっていた。

そして徐々にだけど、映画制作部の皆も僕を受け入れ始めてくれたように感じた。

「あっ、誠さん」

撮影を始めて一週間後の、教室を移動している最中のことだ。一人で廊下を歩いていたら一花さんが声をかけてくれた。

クラスが一緒らしく、隣にはいつも通りの、のほほんとした笑菜さんがいた。

「こんにちは、一花さん」

「うん。選択の授業があって。えっと、授業で移動ですか？」

「私たちも同じで、理科室に行くところです」

「あのさー誠くん」

笑菜さんはいつしか僕のことを、親しみを込めてか「誠くん」と呼び始めた。当初は一花さんがたしなめていたけど、全然気にならないと僕は応じていた。

僕を見ていたその笑菜さんが、にっと笑う。

「放課後の撮影、楽しみにしてるねー」

その言葉に驚きつつ、「うん。僕も」と返した。

一年以内に失うかもしれない自分の命のことで、悲しむ人を増やしたくない。そう考えて人との関わりを避けていた僕が、こうして新しく誰かと関わっていた。もっと関わってみたいとすら思うようになっていた。

憂愁に閉じ込められていた暗闇が、一瞬にして輝き出したかのように感じる。

保健室の先生には、映画制作に参加し始めたことをあらためて報告した。思えば先生が推薦してくれなければ、きっかけすら摑めなかっただろう。素直に感謝した。

放課後の光が保健室の空気を洗う中、どこか感じ入ったように先生が言う。

「月島くんはこの学校で、自分の居場所を見つけたんだね。屋上以外に」

僕は苦笑したあと、先生の目を見て答えた。

「屋上以外にも、保健室がありましたよ」

「ここは居場所じゃないよ。ただの避難所。コーヒーと小言しかない」

「それでも僕は……いや、だからこそ僕は、助けられてました」

本心から応じると、先生が笑う。僕も同じように笑った。

それからの会話で先生は、もう無理に保健室に来る必要はないと話した。

今、自分がいたい場所を大事にするよう伝えられる。

寂しくはあるが、先生がそう言うだろうことは分かっていた。僕は頷くと、頭を下げて保健室を出る。撮影に加わるべく、自分がいたい場所へと向けて歩き出した。

僕の日々が少しずつ変わっていった。朝、目覚めるのが楽しくなった。

部活に参加するなら必要ということで、担任から求められて入部届も出した。正式な部員となる。そして部活は楽しいだけじゃない。速水さんに叱られることもあった。

「あのさ月島、何度言ったら分かるかな。もうこれ三回目になるけど」

けれど皆と一緒に何かできるのが嬉しかった。したいことを黙々と一人で処理してい
た頃の自分じゃ考えられない日々だ。毎日のように美波さんと会話もできるのだから。

「なんだか月島くん、最近楽しそうだね」

ある日の撮影終わり、部室で美波さんにそう言われる。僕は残って機材を片付けたり
充電したりしているところで、美波さんは撮影データの編集を一人で行っていた。

「え？　そうかな」

「うん。なんていうか……一年生の時は、一歩引いてるところがあったからさ」

思わず動きをとめてしまう。視線を移すと美波さんと目が合った。

いつかまた、病弱な自分に戻ってしまうんじゃないか。当時の僕はそう考えて、過去
の自分を引きずっていた。それが影響してか、言葉通りに常に一歩引いていた。

でも思えばあの頃、僕は何を恐れていたんだろう。体に異常はなかったんだ。勇気を
出して皆の輪に加わってみればよかった。恐れずに飛び込んでみればよかった。

死の影に脅かされる前なら、人と関わることに躊躇う必要もなかったのに……。

「単に、コミュニケーション能力が不足してただけだよ」

そう答えて美波さんから視線をそらす。自嘲するように笑った。

そんなリアクションが意外だったのか、美波さんはかすかに驚いていた。

好きな気持ちに変わりはないが、僕は彼女との今の距離感にも満足していた。贅沢な距離といっていい。好きな気持ちをそのままに、彼女を近くに感じられる。

僕の病気のこと。美波さんのこと。今、夢中になっている映画制作のこと。そういったものの存在を感じながら、僕は自分の一日一日を懸命に生きた。楽しんで生きた。

楽しい日々は時間の流れが早い。早いもので撮影を始めて三週間が経った。

その週の金曜日には、名残惜しいが校内での撮影が終了となる。来週からは校外での撮影になる予定だった。一ヶ月の撮影期間も、終わりが見え始めていた。

映画の制作スケジュールはタイトで、日曜日を除いて撮影が続いていた。しかし明日の土曜日は休みにすることを知らされる。

「そっか、休みか」

部室に戻って片づけを終えたあと、助監督の速水さんからその話を聞いた。笑菜さんと一花さんは二人で遊ぶ計画をこれから立てるらしく、盛り上がっていた。

やがて解散となり、編集作業がある美波さんと機材の充電確認をしていた僕が残る。

さて、僕はどうしよう。明日の午前は病院の予定だが、午後からは何もない。考えていると、「あ、月島くん」と美波さんに声をかけられた。

「はい。どうしました？」

「明日なんだけど、予定ってあいてる？」

「えっと、午後からならあいてます。厳密には、十一時くらいから……」

美波さんが編集作業中ということもあり、少しだけ構えてしまう。何か編集中に不備が見つかり、僕のシーンで撮り直しが生まれてしまっただろうか。

そう思って見つめていると、想定していなかったことを彼女が言う。

「じゃあ午後からデートしよっか」

「あ、はい。分かりました。デートですか……って、え？」

8

翌日の土曜日、両親付き添いのもとに病院で検査を終える。

「せっかくだから、美味いもんでも食いに行こう」という父親からの誘いを申し訳ないが断り、正午前の約束に遅れないように美波さんとの待ち合わせ場所に向かった。

繁華街近くの公園に、約束の十分前に着く。休日に異性と待ち合わせるのは初めてで早めに訪れたが、美波さんは既に来ていた。

『じゃあ午後からデートしよっか』

昨日の夕方、美波さんにそう言われて僕は困惑した。でもそれは純粋なデートの誘いではなく、美波さんには美波さんの目的があるようだった。

『撮影続きで月島くんも大変だっただろうし、私も勉強しておきたいんだよね』

『勉強……ですか？』

『そう。来週の撮影で公園のデートシーンがあるんだ。デートとか恋愛の勉強をしたいと個人的にも思ってたし、映画のヒロインとデートする前に私と疑似デートしてみよ』

つまるところそれは、今作っている映画のためであり、恋愛が分からないという彼女の悩みのためでもあった。でもどんな理由であれ、美波さんと遊べるのは嬉しかった。

「って美波さん、撮ってるの？」

公園に来た僕を美波さんはスマホで撮影していた。デート風景を撮りたいとは聞いていたので微笑ましくなって尋ねると、彼女が笑顔のままにベンチから腰を上げる。

「ねぇ月島くん。待った？　って聞いてよ」

「え？　あ、はい。待った？　えっと……待った？」

「待ってない。今、来たところ」

「でも美波さん、実際には待ってくれてたよね。僕より先に来てたし」

「だけどこれって、お約束なんでしょ？」

美波さんの私服姿を見るのは初めてだが、気負わないスポーティーな装いがよく似合っていた。雑誌のモデルさんやSNSのお洒落(しゃれ)な人のアカウントを見ているようで、監督よりも女優さんと言われた方がしっくりくる。

撮影をやめたその美波さんが、これからの予定を話した。

「それで今日なんだけど、気になってたお店で今からランチして、少し街を散策したあとに公園に戻ってくる。それからは、軽く撮影の打ち合わせをしてもいいかな？」

「うん。僕はそれで問題ないよ」

「それじゃ行こうか」

するとと美波さんが、僕の手を自然な動作で取ってきた。驚いてしまう。

「ちょ、美波さん、どうしたの？」

「え？ デートって手を繋ぐものじゃないの？」

「いや、それは付き合い始めてからとか、そういう感じじゃないのかな」

「一応調べたけど、初デートで手を繋ぐのは、変じゃないって書いてあったけどな」

慌てているのは僕だけで、彼女は特に何も感じていないようだった。それは僕に特別な感情を抱いていないことの表れではあったが、それでも緊張してしまう。

「月島くん、ひょっとして初めてだった？」

「まぁ、うん。そうだけど……。美波さんは違うの？」

「私は保育園の時とか、繋いだことあるんじゃないかな」

「普通、それはカウントしないと思うよ」

話している間も手を繋いでいた。緊張と焦りで体が火照り、手汗が気になる。

「あの、美波さん。やっぱり手を繋ぐのは……」

どうにかして断ろうとしたが、そんな僕に美波さんが微笑みかける。

「さ、行くよ。月島くん」

「え、ちょっと」

そうして僕は美波さんに手を取られ、二人で街の雑踏に溶け込んだ。

まずは美波さんの希望で、前から行きたかったというお洒落なハンバーガー屋さんに向かう。混む前に入店し、お店名物の特製ハンバーガーをそれぞれ注文した。

いつしか緊張も忘れ、どんなものが出てくるか楽しみに待っていると、想像もしていないサイズのハンバーガーがやってきた。タワー型で何層にも積み重なっているのだ。

かぶりついてほしいと美波さんに頼まれ、頑張って挑戦する。ただ、口を付けたものの具が多くて崩れてきそうで、身動きが取れなくなる。

そんな僕の様子を見て驚きながらも、美波さんは楽しそうに笑っていた。

食事のあとは街を散策する。爽やかな風が通りを吹き抜け、人々の足を弾ませていた。

雑貨屋さんを見て回ろうと言われ、手を取られるままに色んなお店を訪れる。

店内を見て回る最中、パーティー用の派手なサングラスを見つけた。思わず装着すると、美波さんが鼻と髭が付いたもっと変わったサングラスを着けて僕を笑わせる。

つかみどころのない美波さんとの時間は僕を楽しませた。彼女は好奇心旺盛で生き生きとしていて、周りの目なんか気にせず、この一回限りの人生を楽しんでいた。人やお店の迷惑にならない範囲でデート風景を撮影し、僕も真似（まね）をして彼女を撮る。

美波さんは人生に対して無邪気だった。ひょっとすると無邪気とは、人生で一番大切な資質なのかもしれない。ありのままを受け入れ、そのうえで人生を楽しむ。

「美波さんって、うちの父親に少し似てるかも」

街の散策を終えると、休憩すべく飲み物を買い、予定通りに公園に戻る。ベンチに美波さんと並んで座りながら、気付くと僕はそんなことを言っていた。

「え、月島パパに？　どんなところが似てるの？」

父親と似ているなんて言われたら嫌な気にさせてしまいそうだったが、美波さんは面白がって尋ねてきた。

「えっと、その……。元気で、無邪気なところ」

「子どもにするみたいな評価だね」

「あ、悪い意味じゃないんだ」

「分かってる。でもそっか。ちょっと月島パパに会ってみたくなったかも」

それから公園で、お互いの家族のことを話した。知らなかったけど、美波さんには歳（とし）の離れた社会人のお兄さんがいるということだった。

「月島くんは一人っ子？」

「うん」

「分かるかも。なんか、大事に育てられたって感じする」

「かもね。でも実は小さい頃、病弱で迷惑をかけたりもしてて。それで……」

つい必要のないことまで口にしそうになり、気付いた段階で話すのをやめた。

小さい頃だけじゃない。僕は今もきっと両親に迷惑をかけている。

僕の前ではけっして見せないが、自分の子どもが病気で、自分たちよりも先に死んでしまうかもしれないなんて……。辛いに決まってるんだ。

考えに沈み込みそうになっていると、ポコンと耳慣れた音がした。視線を向けると美波さんがスマホを構え、僕を撮影していた。

「どうしたの？」

「いや、いい画だなと思って。気付いたら撮ってた」

「いい画かな？　まぁ、公園はすごく綺麗だけど」

「……たまにさ、月島くんはここからいなくなるよね」

「え？」

「ふっと消えていなくなる。そういう時、なんて言うのかな。人間ってシンプルじゃないなって思う。色んなものを、色んな人が、色んな方法で抱えているんだなって」

死について考えている時、僕はこの地上から姿を消しているのかもしれない。あとには影があるだけで、その影を彼女に見られていた。

どう返答すべきか考えていると、「そういえばさ」と美波さんが言葉を続ける。

「保健室での演技。すごく良かった。あれ、どうやってあんな言葉を引き出したの？」

撮影から少し時間は経っていたけど、自分のアドリブを思い返して恥ずかしくなる。

なんと説明しようか迷ったものの、伝えられる限りで答えた。

「美波さんたちが自然な演技や台詞にこだわっていたのは知ってたから、等身大の自分なりにやろうとして……。そうしたらあんなこと言ってた」

「月島くんとしては不自然だった？　余命宣告されて絶望するのって」

あくまで一般論として彼女は尋ねていたが、ドキリとしてしまうのも事実だった。

「不自然じゃないけど……。もっと、本当のところがあるんじゃないかと思ったのかな。絶望するのって驚くくらいに簡単で、でもそこからは何処にも行けないからさ」

かつての自分を思い返しながら答えると、どこか意外そうに美波さんが尋ねてくる。

「月島くんって、そんなに深く、何かに絶望しそうになったことがあるの？」

思わず僕は彼女を見た。苦笑してみせ、深刻な空気を払う。

「ファッションセンス、とかかな」

あまり上手い冗談ではなかったけど、合わせてくれたのか美波さんは笑った。

それからは来週に撮影の許可を得ているこの公園で、軽く打ち合わせをした。

ロケハンと呼ばれる撮影現場の事前確認は終わっていると聞いていたが、当日の時間を無駄にしないよう、僕を様々な場所に立たせて美波さんは画角などを確認していた。

公園での打ち合わせが一通り終わると、近くのゲームセンターに向かう。

撮影関連の確認ではなく純粋に美波さんの興味だった。デートの勉強ということでクレーンゲームに挑戦したり、二人でできるゲームを楽しむ。その様子も撮影した。

夕方になるとお店を出て、茜色（あかねいろ）の空を仰ぎながら駅までの道を歩む。

そこで解散してもよかったのだけど、夕暮れ時の景色を撮りたいということで、美波さんに付き合って一駅分を歩いた。景色の次は資料の一環で僕を撮ろうとしていたが、美波さんの方がよほど画になる。あとでデータを渡すことにして僕が彼女を撮影した。

線路脇を二人で進む。話題はいつしか、撮影中の映画のことになっていた。

「月島くんの役は、どこにでもいる平凡な男の子のはずだったんだけどさ」

その最中、美波さんが僕を見て言う。

「保健室での演技もあって、何かを心に抱えているような、平凡だけど、平凡じゃない男の子になったよね」

それは、演じている僕がそうだからかもしれない。どこまでも平凡だが、余命宣告を受けていることだけは普通から外れていた。

「今の脚本のままでもいいんだけど、月島くんのあの演技を、何かの形で物語に活かせないかなと個人的に思ってるんだ。大幅な変更はできないけど、何かないか考えてて……。月島くんはアイディアとかある？」

今まで創作に携わったこともなく、アイディアと呼べる大層なものはなかった。

それでも力になりたくて、撮影をやめて考えを巡らせる。

そうしていると、ある考えが偶発的に浮かんだ。咄嗟に口にしそうになるが、躊躇いもあって開きかけた口を閉じる。

「なに？　なんでもいいから言ってみて」

しかし僕の様子を見ていたらしい美波さんに促され、迷った末に口を開いた。

「じゃあ、仮になんだけどさ。映画はヒロインが難病で死んじゃう話だけど、実は主人公も病気を抱えてて……。そのことを隠してるっていう設定にすると、どう？」

ある意味で突拍子のない話かもしれない。ただ、それは僕にとっての現実だった。

少しでも彼女の力になれればと、僕はそれを差し出していた。

美波さんが思わずといった調子で足をとめる。僕も同じように立ち止まった。

「それ、もっと聞かせてもらっていい？」

「あ、うん。……たとえば、なんだけどさ。隠してるけど、実は主人公も余命宣告を受けてて、だからこそヒロインの辛さや悲しさが分かるんだ。それで保健室で余命のことを知った時、思い切ったことを言って、ヒロインから本音を引き出した。みたいな」

ここまで踏み込んだことを話して大丈夫かと不安になるも、気付きようもないはずだと結論付ける。その主人公が、まさに僕だなんて。

話を聞き終えた美波さんは、じっと何かを考え込んでいた。その状態が十数秒続く。

「面白いかも、それ」

やがて、ふっと笑って彼女は言った。

「そう？」

「うん。タイトルでヒロインだけが難病を患っている話だと思わせて、実は主人公も難病を患っている。けれど主人公は、そのことを最後まで隠してる。それは……周りの人を悲しませたくないから？」

尋ねられて考える。映画の主人公としてではなく、自分のこととして考えた。

「そうなんじゃないかな。いや、きっとそうだと思う」

その設定にする場合、どういうシーンを加えたら観る人の心を動かせるかを美波さんは考え始めた。追加のシーンは最少限にする必要もあり、僕もそれに付き合う。

二人でアイディアをまとめながら隣駅まで歩く。隣駅までででは足りず、もう一駅先まで歩いた。その頃には黄昏時は終わり、夜空に星が輝き出していた。

なんとか考えがまとまると、家が反対方向の僕らは駅の構内で別れた。電車に乗り、シートに座って外を眺める。そうしていると美波さんからメッセージが届いた。
《今日はありがとう。早速だけど、シナリオと演出を考えてみようと思います》
律儀な連絡に微笑んでしまう。それからのやり取りで、今日話したアイディアを確認し合った。あとは映画制作部の皆に、そのことをどう伝えるかだが……。
《相談なんだけど、主人公の設定を変えることとか、追加シーンのことは皆には内緒にしておかない？》
やり取りの最中、彼女はそんな提案をしてきた。
《撮影も編集もそんなに労力はかからないし、私たちでこっそり映画を二パターン作って、どっちがいいかを見比べてもらおうかなって思うんだけど》
美波さんは皆を驚かせたいと考えているらしかった。それだけじゃなく、何も知らない状態で見比べてもらった方が、作品の良し悪しを純粋に判断してもらえるからと。
僕に異論はなく、その旨を伝える。映画の完成が以前よりもっと楽しみになった。

9

翌週の放課後から再び撮影が行われた。初めて経験する校外撮影だ。僕のせいでリテイクが出ることも相変わらずあったけど、計画通りに撮影は進む。

本当に名残惜しいことではあるが、クランクアップが近づいていた。

週末の土曜日には見せ場となる病院で最後の撮影を行う。速水さんの母親が看護師さんということで病院に協力してもらい、あいている病室の使用許可を得たという話だ。難病を患っているヒロイン関連の撮影が主だった。僕が通っている病院で驚くも、撮影時間は限られていた。笑菜さんは一度もリテイクを出すことなく撮影を終え、一花さんと僕も緊張感をもって臨み、なんとか無事にクランクアップを迎える。

表向きの撮影はそれで全て終了だけど、僕と美波さんにとっては違った。

僕ら以外で昼食をとってもらっている間、病室での追加シーンを二人で撮影する。事前に動きを何度も練習していたし、台詞もないシーンだったので一発で終わる。

美波さんの提案で、演出的に必要となる主人公が病院を外から見るシーンも撮った。

皆にバレることなく撮影を終えた時は、どちらからともなくハイタッチした。

そうして当初の予定通り、七月に入る前には撮影が完了する。

いつしか学校は期末テスト週間になっていた。期末テストを終えたら夏休み目前だが、インディーズ映画祭への出品の締め切りも近づき、映画制作部はそれに追われ始める。

美波さんと速水さんは本格的な編集作業に入り、僕らも可能な限り手伝った。

二人が期末テストの勉強をしている気配はなかった。

それでも結果が返ってくる頃に順位を教えてもらうと、速水さんは僕より成績が良かった。美波さんも数学がヤバいと言っていたものの、赤点は回避していた。

僕の成績はといえば、そこそこといった感じだ。そして肝心の体の方だけど、余命宣告が嘘じゃないかと思えるくらいに異常はなかった。

三月の初めに余命一年の宣告を受けたので、七月に入って四ヶ月が過ぎた計算になる。

幸いにして自覚症状はまだないが、病気の中期にはそれが徐々に表れてくるらしい。

その事実に時々怯えながらも、僕は自分の日常を過ごした。

それぞれの日々が滑るように流れ、夏に向けて静かに進んでいく。

美波さんは映画の別パターンの編集も自宅で行っていた。僕も協力し、自分の部屋に録音機材を持ち込んで、追加のシーンで必要となる音声を録って送った。

既存パターンと別パターン、双方の映画が夏休み前にはなんとか完成する。

映画が完成すると、打ち上げを兼ねて試写会を行うのが恒例になっているようだった。

笑菜さんの家族の許可を得たうえで、会場となる彼女の部屋に集まるという。

試写会の当日、僕は笑菜さんの自宅の前で呆然となっていた。初めてのことに圧倒されたと言ってもいい。近代的な豪邸だったのだ。

インターフォンの場所をどうにか探し当てて押し、笑菜さんに迎え入れられる。

家族の人は今日はいないらしく、ほかの皆は既に来ていて、キッチンで料理の準備をしているとの話だった。広い家の中を笑菜さんに先導され、二階の一室に入る。

二部屋を使った贅沢な造りになっていて、そこが笑菜さんの自室ということだ。

「あ、月島くん。来たね」

「うわ、本当にいる」

「こんにちは、誠さん」

料理の準備を終えた美波さんたちもやがて合流し、試写会が始まる。上映前に監督が何かを言う決まりになっているみたいで、美波さんが促されて皆の前に出た。

「え〜、今回は五人での初作品となります。楽しんでください。あ、別に作品にかけて、たの死んでくださいって言ってるわけじゃないから。ん？　これ、伝わってる？」

「翼、さっさと始めて」

部屋の電気が消され、僕と速水さんが座るソファの真ん中に美波さんが戻ってきた。

プロジェクターと繋がっている手元のノートパソコンを美波さんが操作し、動画を再生する。プロジェクターの光がそれぞれの顔を照らす中、彼女からの視線を感じた。目が合うと楽しそうに微笑む。その一方で僕は緊張していた。通しで観るのは初めてで、しかも美波さんが編集を進めていた別パターンのものを最初に流すのだ。

従来の脚本とは異なり、予定にないシーンから映画は始まっていた。主人公役の僕が病院から出てきて、振り返って建物を見ている。

「え……？　翼、ちょっとこれ」

当然のように速水さんは驚いていたが、「上映中はお静かに」と美波さんに言われると閉口する。心臓の鼓動を自覚しながら、僕は映画を見守った。

《難病の女の子が死ぬ話》は、タイトルこそキャッチーだが、情感溢れた作品だった。

高校生の主人公が平凡に毎日を送る中で、笑菜さん演じる別クラスのヒロインと出会う。大人びてはいるが不機嫌そうで、クラスに馴染めずにいる女生徒だ。

一花さん演じる共通の友達を介して主人公はヒロインと関わり始めるも、ヒロインは頑なに自分の殻に閉じこもっていて、主人公にも心を開かない。

そのヒロインがある日、主人公の前で倒れる。保健室に運ばれ、その時に主人公がヒロインの病気と余命を知ってしまう。

目覚めたヒロインが主人公に秘密を知られたと察すると、投げやりに現状を話す。それが思わぬ形で言い合いにまで発展し、初めてヒロインが心のうちを明かす。

それからヒロインが徐々に変わっていく。主人公に心を開き始める。

主人公とともに残された日々を送るヒロイン。二人で外出し、街や公園でデートする。放課後の教室で話す。運動場で思いきり走る。いずれ不可能になることを行う。

かつて陸上の選手だったヒロインが、運動場で息を切らす。

風を切って走るのが気持ちいい。汗を流せるのが嬉しい。生きているだけで幸福で、

「私、もっと生きていたい」と泣きながら言う。

しかしヒロインの病は悪化し、入院生活が始まってしまう。

症状は悪化の一途をたどっていたが、ヒロインは満足していた。最後に思いきり生きられてよかったと話す。ただ、お見舞いに通う主人公に「もう来ないで」と頼む。

自分はこれからどんどん死に近づく。主人公には綺麗だった姿を覚えていてほしい。

そう語ったあと、ヒロインが必死に微笑んで主人公に別れを告げる。

「ありがとう……私と一緒に生きてくれて。あなたの言葉があったから、私は最後まで前を向いて生きられた。さようなら。多分だけど、あなたのことが好きでした」

それから数ヶ月後、ヒロインの葬儀が行われる。

主人公がヒロインの友達から話しかけられ、最期まで彼女が幸せそうだったと聞く。

そしてヒロインが病室に飾り、大切にしていたという写真を渡される。

写真の中には二人がいた。いつか、ヒロインがふざけて撮ったものだった。ヒロインが主人公の隣で微笑んでいた。年相応の女の子のように、幸福そうに微笑んでいた。

最後のシーンを迎えて物語が閉じ、エンドロールが流れる。

そこで終わる予定だった映画に、エンドロールのあとで追加のシーンが始まる。

かつてヒロインが入院していた病室で、患者衣を着た主人公が窓から外を見ていた。

——彼女と出会った時、僕の余命は三年と診断されていた。

主人公の独白が音声を伴って文字で現れる。

——僕は自分と似た状況の彼女と出会い、彼女を支えると決めた。

——その命も、尽きようとしていた。

最後に主人公がヒロインとの写真を見つめる。晴れの日。虹。コーヒー。主人公が好きなものを心の中で唱えていく。父さんの作る料理。母さんの笑顔。そして、君。

——僕と生きてくれて、ありがとう。

その主人公の台詞で映画が終わる。

映画が終わった時、部屋の中で動く人はいなかった。しばらくして笑菜さんが立ち上がり電気をつける。数秒の沈黙を挟んで、速水さんがふぅと息を吐いた。

「で、これ、どういうこと？」

監督である美波さんに静かに尋ねる。怒りはなく淡々としていた。

「びっくりした？　主人公の設定を今みたいな形に変更した方が、保健室での月島くんの演技が活かせるんじゃないかと思ったんだけど」

「……あぁ、やっぱり、そういうことか。まぁ確かに、それは認めるけど」

「葵としてはどう？　面白くなかった？」

美波さんから質問を返され、速水さんが無言になる。

そのまま数十秒が過ぎた。もしかして、すごく怒っているのかと思ったが違った。

再び息を吐いたあとに彼女が言う。

「笑菜、もう一度電気消して。で、翼はそのノートパソコンを私に貸して」

消灯された室内で、速水さんが冒頭から映画を確認し始める。追加シーンや、その前後の確認が主だった。それが終わり、再び電気がつくと彼女が考えながら話し出す。

「冒頭のシーンだけど……終わりが少し長い。あと、やるなら中途半端にしない方がいいと思う。翼は嫌いかもだけど、分かりやすくするために主人公が日常を惜しむ場面を本編に軽く追加した方がいい。確か予備のカットで使えるのがあった。ほかにも――」

僕が自宅で録った音声の修正が甘いなど、速水さんは気になった点をいくつか挙げてくれた。僕たちがやろうとしていることを理解しての発言だった。そして……。

「で、今言ったところを直せば……正直、いいと思う。割と面白かった」

思わず僕は、美波さんと顔を見合わせる。

「ねー。私も面白かったって思うよ。主人公くんも病気だったなんてねー」

「わ、私も、すごくよかったです」

笑菜さんと一花さんも賛同してくれて、それから既存パターンのものと見比べることになる。その結果、やはり最初に観たものの方が良いという結論に至った。

すると速水さんが、何かを覚悟したような表情で美波さんに問いかける。

「ねぇ翼。これ、提出の締め切りって三日後だよね」

「あ、うん。そだね」

「そだね、じゃないし、まったく。でもやるしかないから、修正点を洗い出すよ。あとこれ、作品の概要も変更した方が良くなると思う。その修正は私がやるから――」

「葵、なんだか楽しそうじゃない？　どうしたの？」

「……私もちょっと気になってた月島の演技を、うまく設定と追加シーンで処理してくれたから。それに翼の変更案だし……。どうせ出すなら、私も賞を狙いたいからね」

「いいね、その意気。でも私、お腹すいた。作業は明日からにしてご飯食べない？」

「は？　翼、あんたのせいで完成が延びたってのに」

「まぁまぁ、せっかくだし打ち上げを始めようよ。実際には打ち上がってないけど」

速水さんは呆れたような顔をしたが「まぁいっか」と打ち上げを行うことになった。

皆で協力してキッチンから料理を運び、それぞれに飲み物を手にして乾杯する。

賑やかに打ち上げが始まり、僕は先程までの緊張を忘れてその時間を純粋に楽しんだ。

笑菜さんや一花さんも話しかけてくれて、打ち解けた空気の中で言葉を交わす。

単に賑やかなはずのその場がおかしくなったのは、打ち上げの際に笑菜さんが必ず速水さんに飲ませているという、甘酒を持ち出してからだ。

速水さんが酔ったように僕にからみ、同じく甘酒を口にしていた一花さんが笑い上戸になる。そんな二人を置いて、美波さんと笑菜さんは淡々と甘酒を飲んでいた。

その喧騒もいつしか落ち着く。僕と美波さん以外がソファで眠ってしまったからだ。

「あ〜あ。結局、いつものパターンだ」

静かに寝息を立てる三人の姿を、美波さんは微笑ましそうに見ていた。

「三人って、いつもこんな感じなの？」

「打ち上げの時は大体ね。今はまだ甘酒だけど、大人になった時のことがちょっと心配。本当のお酒を飲んだら、どうなっちゃうんだろうね」

そう言いつつも美波さんは、愛しいものを見る目で三人を眺めていた。

四人の付き合いは、これからも変わらずに続いていくんだろう。そんなことを僕は思った。飲むものが甘酒からお酒に代わっても。それ以外は変わらず。ずっと……。

残念だけど、僕はそこに参加することはできないだろう。病気のことが脳裏を過る。

「ね、少し夜風に当たらない？」

寂しさを覚えて無言になっていると美波さんに誘われた。笑菜さんの部屋には立派なベランダがあった。月の光が綺麗な夜、僕は美波さんと並んでそこで話す。

「葵にも納得してもらって、うまくいきそうでよかったよ。編集してた私が一番楽しかったし、追加のシーンは特に手応えがあったからさ。ちなみに月島くんはどうだった？初めて映画作りに参加してみて。楽しかった？」

屈託のない彼女の笑顔を横目で見ながら、僕は自分の心を点検する。

「そうだね……僕も、すごく楽しかったよ。映画に出るなんてことが、自分の人生で起こるとは思ってなかったし。本当、誘ってもらって、すごく有難かったなって……」

わずかに口数が減っていたかもしれないが、それは嘘偽りのない本音だった。

やりたいことノートに一人で向き合っているだけでは、到底叶わなかったことだ。

できるならこれからも皆と、美波さんと一緒にいたいとすら思っていた。ただ……。

『まだ決定的な段階ではありませんが、夏休み中には症状が出始める可能性もあります。その場合のことを考えておきましょう』

僕の脳裏には、担当の医師からつい先日に言われたことがこびり付いていた。

五月の途中から映画の制作に参加し、六月、七月とあっという間だった。

本当に楽しかったけど、リミットは案外早かった。でも仕方ない。

映画制作部に関わるのは、ここまでにした方がいいのかもしれない。タイミングを僕は見計らっていた。役目を終えた今は、離れるのに最適な時期でもあった。

「また、いなくなったね」

そんなことを考えていると、美波さんが僕を見つめているのに気付く。

「え？」

「ここから、月島くんが消えちゃった」

「いや……。消えてなんかないよ。ちゃんと僕はここにいる」

深刻にならないよう微笑んでみせたが、それが彼女にどう映ったのかは分からない。

「月島くんは、なんだか不思議な人だよね」

美波さんがふっとこぼすように笑う。少しの間をあけてから続けた。

「保健室の先生ともなぜか親しかったり、でもそれで得意げになるわけでもなく、映画作りに付き合ってくれて……。優しくて、時々、ここから消えちゃって……」

美波さんがまとう空気が、かすかに変わる。僕はいつしか彼女に向き直っていた。

「それだけじゃない。一年生の頃、イジメがあった時の話なんだけど……。変に目立つと、イジメられてたあの子にもよくないからさ。私、自分がしてることをできるだけ皆に悟らせないようにしてた。挨拶もそう。けれど月島くんは気付いてた。なんで？」

美波さんがその点に着目しているとは思わなかった。迷ったものの正直に応じる。

「確かに……美波さんは、さりげなかったよね。でも僕には、はっきり見えてたから」

「それは、どうして？」

「美波さんのことをずっと見てたから。気付いた時には、目が離せなくなってたから」

星が綺麗な夜だった。闇と月と星だけが僕らを見ていた。

澄んだ夜空を頭上に感じていると、美波さんが微笑む。

「多分、以前だったらその言葉も私には響かなかったんだと思う。私には恋が分からなかったから。歌とか映画にしかないものだったから」

その直後、彼女に突然尋ねられる。

「よかったら私たち、恋人にならない？」

思わず美波さんと目を合わせた。音という音が、彼女の瞳に吸い込まれたかのような感覚に陥る。僕が戸惑っていると、再び微笑んで彼女は続けた。

「人を好きになることが、どういうことなのか。少しだけ私、分かった気がする。月島くんが私の好きなタイプに似てたからかもしれない。悲しみに似たものを背負ってて、何かを隠しているように見えて……。映画じゃないから、それは錯覚なんだとは分かってる。でも今、私は月島くんのことしか見えなくなってるんだ。何よりも……月島くんといる時間が楽しい。それって立派な恋なんじゃないかな」

目の前のことが現実とは思えず、ただ、心臓の鼓動や夜風の感触がどうしようもなく僕に現実感を与えていた。困惑してしまう。まさか、こんなことが起きるなんて。

しかし僕は、一年ですら危うい人間だった。恋人になれば彼女を悲しませてしまう。恋人の死という辛い経験をさせることになる。僕の病気を知られたら……。

「勘違い、かもしれないよ」

だから僕は、必死に自分の感情を押し殺して言った。

「単に友達とか、部員として好きなのかもしれない。楽しいのだって、それで……」

その言葉を受けて美波さんが無言になる。しばらくすると頬を緩めた。

「じゃあ、試してみよっか」

「え、試すって……何を？」

「キスしてみよう。それでドキドキしたら、私は月島くんを……。ううん。誠を、好きになってるってことだよね。勘違いなんかじゃなくてさ」

美波さんが近づき、僕との距離を縮めてくる。本来なら慌て、照れるはずの提案を僕はなぜか恐れていた。引き返せなくなってしまう気がしたからだ。

でもこれは冗談のはずだった。彼女特有の悪戯で、今からのことは未遂に終わる。

驚いている僕を見て彼女は笑って、からかって、それで……。

次の瞬間、唇に感じたことのない柔らかさを覚えた。

あたかもそれを生命の全てのように感じる。目の前には瞼を閉じた美波さんがいた。

彼女はやがて離れると、僕を見て恥ずかしそうに笑う。

「すごく、ドキドキした。やっぱり私、誠のことが好きなんだよ」

あぁ……と思った。どうして今なんだ、と。僕の願いを神様はことごとく無視してきたのに、それなのに今、叶ってはいけない夢が叶えられようとしていた。

ノートにすら、その願いは綴っていないというのに……。

心の底では分かっていた。進んではいけないと。

だけど生まれてきて初めてのことだった。好きな人に「好き」と言ってもらえた。

僕は、一生に一度のことが許されるだろうか。

僕の命がどうなるか、まだ分からない。それでも僕はちゃんと選ぶから。

最後にはそういう生き方を選択してみせるから。彼女を悲しませない生き方を。

だから……。

「僕もあなたのことが好きです。本当に、本当に、好きです」

言葉は悲しい祈りのように、あるいは涙のように、静かにその場に落ちた。

その祈りを掬(すく)い上(あ)げるように、美波さんが笑顔を見せる。

「じゃあ。恋人になろうよ」

「はい」

「これから、あらためて宜しくね、誠」

僕が好きになった人は映画を撮る人だった。優しくて、心が美しい人だった。

そんな人が、僕だけを見つめてくれていた。

行方も分からないままに、僕たちの恋が進んでしまった瞬間だった。

Scene2.

速水 葵

1

子どもというのはどれくらい子どもで、大人というのはどれくらい大人なんだろう。

時々、私は意味もなくそんなことを考える。

小さな頃、大人とは多くのことを知っている人だった。宿題の分からないところを教えてくれて、色んな遊びを知っていて、頼りがいがあり、そばにいれば安心だった。

子どもが誰を大人と見なすかは様々だと思うけど、私にとってそれは父親だった。

父親は映画監督志望で、世間からすると無職だった。家ではいつも一緒で、「俺は大人だから」が口癖で、小学校が休みの日などは一日中、古い映画を二人で観ていた。

その大人がある時から、私に嘘をつき始めるようになった。

本当はもっと前から嘘をついていたのかもしれない。成長して私も少しは大人になって、その嘘が見抜けるようになっただけのことかもしれない。

相手の嘘を見抜けるようになるのが大人なら、私は大人になんかなりたくなかった。

それでも目の前の大人は、嘘をつき続けるのをやめなかった。

優しくて好きだったのに。大切で、ずっとそばにいてほしかったのに。

ある時、その大人はいなくなる。「すぐ帰るけど、ちょっと出かけてくる」そう小学生の私に言って家を出る。当時は常にそうだったように、苦しげな顔で嘘をつき……。

夏休みが始まり、二週間が過ぎる。いつしか暦は八月を迎えていた。

夏休みに入ってから、いや、入る前から様々なことがあった。翼と月島が考えた設定で映画を急遽修正し、どうにかインディーズ映画祭の締め切りに間に合わせた。

余裕をもって作品作りができれば一番いいのだけど、私たちは時々こうなる。最後の最後で翼が変更案を出して、期限ぎりぎりになって作品を提出することが。

しかし私は知っていた。その変更案で作品が良くなることを。

今でも忘れない。中学三年生の夏に四人で映画を作り、それを中学生限定のコンテストに出した時のことだ。あの時も締め切り直前になって翼が変更案を出してきた。

皆で協力してその案でなんとか映画を完成させた結果、私たちの作品が優秀賞に選ばれた。

何かに感動なんてしないと思っていた私が、不覚にもあの時は感動してしまった。仲間とともに一つのことを成し遂げる喜びを知ってしまった。創作に痺れてしまった。

それ以降、私たちは以前よりも熱意をもって映画制作に取り組んだ。

翼が締め切り直前に変更案を出してくることもあったけど、それを一つのジンクスのように考えて受け入れていた。そうすると必ず良い結果がやってきたからだ。

だから今回も、ひょっとしてという予感はあった。ひょっとするとこの映画は……。

「それじゃあ、あらためて……。って葵、聞いてる？」

部室の机で頬杖を突き、物思いに耽っていると翼に声をかけられる。反応して視線を移すと、部長である翼が記念の盾を手にして、皆の前で立っていた。

「あ～うん。聞いてる」

「それじゃ、あらためて……インディーズ映画祭。特別賞、やったぜぇ～～！」

翼が変な音頭を取りながら、拳を高く突き上げた。私を除いたほかの部員が「や、やったぜぇ」と戸惑いつつも、拳を上げて続く。

「いや翼、なに？　やったぜぇ、って」

「え？　取ったぞぉ！　の方がよかった？」

「そういう問題じゃないけど、そっちの方がまだマシかも」

「じゃあ仕切り直して……」

「って、またやるの？」

「いいじゃん。何度やっても。めでたいことなんだし」

今年も無事に、夏のインディーズ映画祭に映画を出品することができた。

選考を通過すれば年齢や実績に関係なく映画を出品できる映画祭で、作品の総数は五十近くにもなる。それをミニシアターで約一週間にわたって上映し、来場者の投票によって上位十作品が選ばれ、審査員によって審査される。インディーズ映画の祭典だ。数が多いため、いくら映画好きでも全ての作品を観ることは難しい。イベントのホームページに掲載されるタイトルや概要を決める段階から実質的な審査は始まっている。

そのインディーズ映画祭で《難病の女の子が死ぬ話》が特別賞に選ばれた。去年も選考を通過して作品の出品自体はできていたが、票が集まることなく埋もれてしまった。

だから今回の結果は快挙と呼べるものだ。喜ぶべきことのはずだ。なのに……。

「じゃあ仕切り直してもう一回。インディーズ映画祭、特別賞、取ったぞぉ〜！」

翼の音頭で私たちは「取ったぞぉ」と声を上げる。思わず月島を見ると、照れたように微笑みながらも拳を上げていた。

私が心から喜ぶことができないでいるのは多分、この月島誠という男のせいだ。

目を向けていると、その月島に翼が声をかけていた。

「誠のアイディアと主演で賞を取ったんだから、もっと強気に〝取ったぜぇ！〟って言わなくちゃ」

「え？　いや、そんな。僕は皆の作品にまぜてもらっただけだから」

翼はある時期から月島のことを、「誠」と名前で呼ぶようになっていた。単に名前で呼ぶだけじゃない。信じられないが恋人になったという。

恋愛が分からないと言っていた、あの翼が……。

翼と私は保育園からの友達で、小学五年生の頃から一緒に映画を作っていた。

私たちは好きなものが似ていた。何を美しいと考え、何を醜いと考えるかの基準が近かった。だからこそ翼はいつも私を頼り、映画の変更案を出す時も、必ず事前に相談してくれていた。でも今回は違った。

そしてあとになって知ったのだが、今回の変更案は月島のアイディアだったという。翼が考えたとばかり思っていた私は驚き、同時になんだか不機嫌になってしまった。

親しくする二人を目にしながら、私は少しばかり投げやりに言う。

「で、監督。次の作品のことなんだけど」

「あ、ごめんごめん。次の作品のことね。次は～」

私の発言を受け、翼が次回作の構想を話し始める。笑菜はニコニコと楽しそうに翼の言葉に耳を傾け、一花はメモでも取りそうな生真面目さで話を聞いていた。

笑菜は中学時代からの仲間だ。私と翼が中学二年生だった頃、一年生にものすごく可愛い転校生がいると聞いて、映画に出演してもらおうと会いに行った。

『映画なんか作って、なんの意味があるんですか？』

当時、笑菜は笑わない女の子だった。不機嫌で冷え切っていた。彼女の父親が、有名企業の偉い人だという噂は耳にしていた。その父親が最近になって再婚したとも。

『意味なんてないよ。意味は作るものだから』

冷え切った笑菜に対しても、翼は臆することなく応じていた。

『それこそ意味が分からないですよ』

『そりゃそうだよ。分かろうとしてないんだから』

一度目は断られたが、翼は笑菜を誘い続けた。簡単ではなかったものの、翼のしつこさを前に、最終的には笑菜が折れた。

しかし、折れたように見せかけただけで、笑菜も本当は翼と一緒に何かをしたかったんだと思う。当時、翼だけが笑菜の話し相手だった。笑菜は徹底的に壁を作っていて、人を寄り付かせなかった。能天気な翼だけが、その壁を無いものとして扱っていた。

『……父親は、娘じゃなくて息子が欲しかったらしいんです』

今だから分かるけど、笑菜だって壁を作りたくて作っていたわけじゃない。作らざるを得ない理由があった。

笑菜がある時ふと、私たちの前で弱さを見せた。中学一年生の笑菜からすると、それは出したくてもずっと出せなかった、救難信号みたいなものだったんだろう。

『だけどお母さん、子どもがもう産めなくて……。私が中学生になるまでは、それでもよかったんですけど、どうしても父親が諦めきれないみたいで。最悪ですよね。知らないうちに離婚の話を進めて、再婚して、お母さんとも会っちゃいけないって言われて』

映画では知っていたことだった。大切な人がいなくなること。両親が離婚すること。

映画だけじゃなく、当時の私はそのどちらも現実のことだと知っていた。

笑菜も私と同じで、生みの両親が揃っていない家庭だった。特に母親への愛が強かったようで、その母親と会えないことで苦しんでいた。

そんな笑菜に、中学生である私たちができることは何もなかった。

そう思い込んでいた。

ある日の休日、翼が映画の撮影だと言って笑菜を呼び出した。困惑する笑菜を電車に乗せる。私も含めた三人で、かつて笑菜が実の母親と暮らしていた町まで向かった。

幸せの形は一つではない。それも映画で知っていたことだ。

私の母親と父親の幸せの形が異なってしまったように、笑菜の家もそうなんだろう。

『難しいことはよく分からないけど……それでも、笑菜の幸せの形は決まってるんじゃない？』

これはその日、見知らぬ町の喫茶店で笑菜を待つ間、翼が私に言った言葉だ。

母親と再会した時、笑菜は泣いていた。以前笑菜が住んでいた家の近くまで三人で赴き、帰ろうとする笑菜を翼が引き留める。そうしていると偶然母親が家から出てきた。

母親が笑菜に気付き、別れていた母娘が距離を置いて対面する。映画で見たことのあるシーンだったが、映画とは現実を写したものであると、あらためて思い知った。

笑菜に気付いた母親は驚いていた。驚くだけじゃない。笑菜に向けて走り出す。

呆然となって『お母さん』と呟く笑菜を母親が抱きしめ、笑菜は大きな声で泣いた。

『笑菜、お母さんと会えてよかったよね』

母親と話している間、私たちは近くの喫茶店で笑菜から連絡がくるのを待っていた。

能天気に笑う翼に、現実は簡単じゃなく、幸せの形は一つではないと話した。

その時に翼は言った。それでも、笑菜の幸せの形は決まっているのではないかと。

母親との再会をきっかけにして、笑菜は変わっていった。

両親が離婚して以来、会えなかった母親と時間をかけて話したのだという。母親のことが今でも大好きだと伝えたという。

はっきり聞いたわけじゃないが、母親は笑菜が義理の母親と早く馴染めるように身を引いていたらしかった。それでも笑菜のことを心から愛していたんだろう。笑菜と再会した時、母親は脇目もふらずに走っていた。そして笑菜のことを強く抱きしめていた。

笑菜という名前は、いつも笑っていてほしいと願って母親が付けたものだそうだ。

母親と離れていてもそのことを忘れないように、どんな時も笑顔を忘れないために、自分の名前を体現する人間になりたいと笑菜は言った。いつも笑っていたいと。

『笑菜さんは、今の笑菜さんの方が自然だと思いますよ』

そんな、ある意味で個性的な笑菜とは対照的で、一花は特徴がない女の子だった。

私と翼の幼馴染で小さい頃から一緒に遊んでいた。何をするにも一花は付いてきた。

私たちが映画を作り始めた小学五年生の時も、出演者として協力してくれた。一花の心が美しく、誰よりも真面目で努力家だということを私たちは知っていた。

破天荒だけど、実行力があり天才気質の翼。

私たちの中で実は一番賢く、美しい女の子である笑菜。

努力家で、何事にも一生懸命な一花。

大した力はないが、映画の知識だけはある私。

映画制作部は、そんな私たちだけの部活だった。笑菜と一花が同じ高校に入学した段階で申請をし、有難いことにすぐに部として認められた。少額だけど部費も貰えて、部室も与えられた。そこは私たち四人だけの城だった。少なくとも私はそう思っていた。

なのに……。

「葵？　聞いてる？」

翼に声をかけられ、私は意識を現実に引き戻す。何事もなく応じた。

「聞いてた。今年の冬も映画甲子園に申し込むんでしょ？　中編映画だから、撮影期間も長くなる。制作が遅れないように、可能なら映画の題材は夏休み中に決めて、夏休み明けから撮影に入る。物語の案やアイディアは随時募集中。で、あってる？」

私が耳にしていた内容をまとめると、翼は嬉しそうに頷く。

「なんだ、ちゃんと聞いてたんじゃん」

「私が翼の言葉、聞き逃すわけないでしょ」

「……今の台詞、撮影するからもう一回言ってもらっていい？　相棒って感じで、自然でいい具合だった」

「ごめん。聞こえなかった。なんて？」

「私の言葉、聞き逃してるじゃん」

そのあとは早速、次回作の企画会議に移った。幸いにして部室にはエアコンがあるが、古いもので効きはそこそこだ。パソコンを稼働させると汗ばみそうになる。

そんな部室から見える空はどこまでも青く、外では蟬が命の限りに叫んでいた。

企画会議では翼が自由に発言し、一花も真面目に意見を口にしていた。笑菜が時々鋭いことを言う。翼から意見を求められると、月島は考えながら答えを返していた。

私は皆の意見を適宜まとめ、話が大きくずれそうになると会議の軌道修正を行う。

様々なアイディアがホワイトボードに書きつけられた。しかしある時からアイディアは枯渇し、話は同じところをぐるぐると回り始める。

「ねぇ翼、いったん休憩入れない？」

私が提案して会議は休憩となった。飲み物が切れていたので買いに行く必要があり、皆でじゃんけんをする。校内の自動販売機に、負けた私と翼が向かうことになった。

部室を出ると熱気に包まれる。サウナの中にいるかのような暑さだ。

「うわ、やっぱり暑いね。夏だ～」

翼はなんでも嬉しそうに話す。実際、翼の前ではあらゆる事が楽しくなるのだろう。

小学生の頃と同じように二人で並んで歩く。翼は夏の風景を撮ろうと周囲にスマホを向けていたが、いつものことなので特に気にならない。慣れてしまった。

こうやって人はあらゆることに慣れていくのだろうか。映画制作部が五人であることにも、ひょっとしたら……。

自動販売機は体育館のすぐそばにあった。陰で覆われた一角に到着し、翼が自動販売機に硬貨を投入する。皆から頼まれた飲み物のボタンを押していった。

ふと、今さらながらに二人きりであることに気付いた。思わず口を開く。

「あのさ」

「ん～？」

「なんで月島と付き合ってるの？」

周りは蟬の声でうるさいのに、言葉はどうしてこんなにも静かに響くのだろう。

私の言葉に翼が振り返った。どんな気負いもなく答えてくる。

「え、好きだからだよ」

「それ……本気で言ってるの？」

「うん。先週も動物園でデートしたけど、あらためて、あぁ、好きだなって思った」

「へぇ、どんなところが」

「陰があるところ」

「は？　翼それ、映画の観すぎだって」

「冗談。まぁ最初は冗談じゃなかったんだけど……。誠と一緒にいると、すごく心が落ち着くし、なんかドキドキもするんだよね。私、大切にされてるなって思える瞬間も多くてさ。自分が乙女なことに気付かされたっていうか」

「うわ。まじか」

「あと、なんだろう。すごく優しいし。ちょっと雰囲気とか、葵のお父さんにも――」

私が渋面を作ったことに気付いたのか、翼が「あ」と言って口を閉じる。

「誰が、なんだって？」

「あ〜、ごめん。なんでもない」

「私の飲み物、翼の奢りだから」

「えー。まぁでも、仕方ない。えっと、ブラックコーヒーでいい？」

人数分の飲み物を買い、翼が腕で抱えるように三本を、私が二本を手で持つ。「冷た、早く戻ろっか」と翼が言って振り返ると、なぜかその場に月島が現れた。

「あれ？　どうしたの誠？」

「あ、うん。ひょっとしたら、手が足りないんじゃないかと思って」

そう言うと月島が近づき、翼が抱えていた飲み物を引き取った。

「わ、ありがと。助かったよ」

「いや、僕が加わったから運びにくくなってるんだし。今度から僕が行くよ」

「誠、なんだかんだ言って男の子だもんね。飲み物、両手で何本くらい持てるの？」

「どうだろう。やろうと思えば五本は持てるんじゃないかな」

それを聞いた私は「月島」と呼びかける。振り向いた月島に両手の物を押し付けた。

「じゃあこれも持っていって。落とさないでね」

月島は驚いていたが、「あ、はい。分かりました」と苦笑しながら従う。「誠、よわ」と翼が楽しそうに笑い、月島の分を一つ引き受けていた。

2

結局、その日は次回作について大したことは決まらなかった。

しかし日を変え、会議を重ねる毎に少しずつ方向性が固まる。今度の主役は一花ではどうかという話になった。

一花が主役ならどんな映画がいいだろう。一花から台詞を引き出すには、どんな物語が適切か。議論が活発化し、次第に現実味を帯びていく。

企画会議を進める一方で、翼と月島は部活帰りにデートもしているようだった。会議の合間になんとなくそのことを知る。一花が興味深そうに話を聞いていたからだ。

月島は家の用事で部活を休む日もあったが、真面目に会議に参加し続けていた。

その月島を期せずして病院で見かけたのは、世間的には平日となる、八月のある日のことだ。

我が家は共働きで、私が小学六年生の時に再婚した母親は看護師をしている。

夏休みのその日、私が病院まで母親に忘れ物を届けに行った。母親が再婚する前は、無職の父親と一緒に忘れ物を届けに行ったこともあった。

かつての父親は映画監督志望で、優しい人ではあったが経済力に乏しい人だった。結局、プロの映画監督になれないまま、私が小学四年生のある時にふらっと姿を消した。

父親が私に残したのは、大量の映画のＤＶＤと映画関連の書籍、古いカメラなどの機材。そして、相手の嘘をなんとなく察してしまうという一種の勘の鋭さだった。

父親は私にたくさんの嘘をついた。プロの映画監督になれそうなこと。母親とはうまくいっていること。大きなものから小さなものまで、数えきれないほどの嘘を。

その中で私は知らず知らずのうちに、人が嘘をつく時にどういう態度や空気を作るか、どんな目をするか、どう話すかなどを学んでしまった。

父親が消えた日、「すぐ帰るけど、ちょっと出かけてくる」と言った時でさえ、それが嘘だと分かってしまった。事実、父親は二度と帰ってこなかった。

ただ、その特技は私が生きるうえで役に立った。女だけで映画を作っていると、色んな人間が望んでいないのに近寄ってくる。

『俺さ、純粋に翼さんの作る映画が好きで、一緒に映画を作りたいと思っててさ』

嘘だった。単にその男は翼に興味があるだけだった。

『君たち、面白い映画を作るね。知り合いのプロデューサーに紹介してあげるから、連絡先とか教えてよ』

それも嘘だった。映画の技術ではなく、容姿に反応して声をかけてきただけだった。

私は父親が身をもって教えてくれた方法で嘘を察して、これまで自分なりに皆を守ってきたつもりだった。映画制作部の仲間が大切だったからだ。

月島を見かけた日に話を戻すと、私は母親に届け物をしてから病院のカフェにいた。正面玄関を入ってすぐの場所に有名なコーヒーショップが出店していて、コーヒーを飲みながら人間観察をしていた。

病院ではたくさんの人が行き来している。様々な人生が交錯し、見えない場所で色んなことが起きていたりする。人の往来を漫然と眺めていると見知った姿を見つけた。

軽く驚いてしまう。月島だった。

母親と思しき人と一緒に、玄関に向かって歩いていた。月島の母親はどこか落ち込んでいるようにも見え、そんな母親を月島が気遣っている様子だった。

何かあったのだろうかと、自然な心の動きで心配になる。いや、私は何を心配しているんだと、自分で自分に反発しそうになっていると、月島がカフェの方に目をやる。

顔を合わせると気まずくなりそうだったので、咄嗟に視線をそらす。月島は私に気付いた様子もなく、母親を促してカフェへとやって来た。

「母さん、何にする？　甘い物でもどう？」

「じゃあ、ドーナツでも食べようかな。半分は誠も食べてくれる？」

「うん。あのさ、母さん……。元気出してよ。病気のことなら、きっと大丈夫だから」

「……まったく、息子に心配されるようじゃダメね。お父さんに笑われちゃう」

「父さんはいつも関係なく、どこでも笑ってるけどね」

「あら確かに。本当ね」

二人はカウンター前の注文の列に並び、そんな話をしていた。

盗み聞きは趣味じゃなく、私はそっと席から腰を上げる。依然として月島は気付いていない様子で、私は目立たないようにコーヒーを片付けてその場を離れた。

できるだけ話に耳を傾けないようにしていたが、それでもあることを察してしまう。

……月島の母親は、体に何か問題があったのかもしれない。息子である月島が、そんな母親を気遣っていた。当たり前のように家族を大切にしていた。

翼が言っていたように、多分、月島は優しいやつなんだろう。

そんなこと、知りたくもないし、気付きたくもなかった。

月島の母親が病気かもしれないことを誰にも話さず、夏休みの日々を送る。

月島は翼にも母親のことは話していない様子だった。翼は映画について勉強してもらおうと、撮影技法や映像の編集方法を楽しそうに月島に教えていた。

私も翼に頼まれ、映画作りに必要な撮影の進行方法や脚本の基礎を月島に教える必要があった。一花も脚本に興味があるということで、二人に方法論などを教える。

お盆前のある日、部室で三人になる時があった。翼と笑菜は暑いのに元気なもので、気分転換も兼ねて映画のロケハンに出向いていた。二人に負けず一花も元気だった。

「はい！　私、考えてみたんだけど、スマホを使ったトリックを脚本に組み込むのはどう？　メッセージアプリの受信日と送信日って、実はスマホ本体と連動してて――」

「それ、前に翼にも言ってたやつだよね？　小説とは違って、映画の脚本は可能な限り、シンプルな案でシンプルな物語の方がいい。あんまり欲張らないことかな」

どこかの監督の言葉を借りて私が説明するのを、月島と一花は真面目に聞いていた。

一花は昔から少し文芸寄りで、恋愛やミステリーが好きだった。月島も中学生の頃はよく本を読んでいたらしく、一花と気が合うのか雰囲気からして随分打ち解けていた。

方法論などの説明がひと段落し、休憩となる。一花がお手洗いのために抜けた。

部室で月島と二人になる。今まで二人きりになったことなんて数えるほどしかない。無言の室内で、月島は卓上カレンダーを手に取って眺めていた。

「あのさ」

無言に耐えられなかったわけじゃない。家族を大切にしろとか、生みの両親が揃っているのは幸福だとか、そんなことを言うつもりもない。

それなのに私は少し踏み込んでしまい、聞く必要もないはずのことを尋ねていた。

「夏休み中、なんか大変なことでもあった？」

月島が軽く目を見開く。手にしていた卓上カレンダーを机に置いた。

「え……どうして？」

「ごめん。性格的に気になることは放置できなくて、質問させてもらった。知ってると思うけど、私の母親が看護師しててさ」

一学期の頃に撮影にも使用した病院名を口にすると、月島が神妙な面持ちとなる。

「それでこの間、病院に忘れ物を届けに行ったら、あんたとあんたの母親っぽい人の姿を見かけたの。なんか、その母親っぽい人が落ち込んでたように見えたから……。母親に何かあったのかと思って」

私が話している間、月島がまとう雰囲気や表情には緊張感が宿っていた。

それがある時にふっと、その緊張が抜けたようになる。

「あ……そっか。なるほど。ごめん、気にさせちゃって」

「いや、私が謝ってるんだけど。プライベートなこと聞いてるし」

「それでも、なんかごめん。えっと……母親は大丈夫だよ。健康そのものだから」

一瞬、気を遣って月島が嘘を口にしたのかと疑った。

重大な病が母親に見つかったが、私たちを心配させないように嘘をついているかと。

ただ、月島の言葉に嘘はないように思えた。

嘘をつく時、人は相手に信じさせようとする。なぜならそれが嘘だからだ。そのために多弁になったり、通常とは異なる挙動が加わるが、月島にその兆候はなかった。

「そっか。そうなんだ。ならよかった」

「うん」

しかし、だとしたら月島の母親は何に落ち込んでいたんだろう。二人で誰かのお見舞いにでも行ったのか。その人が深刻な病で……。

「っていうかさ。月島と翼、いつまで付き合うつもりなの？」

尋ねようか迷ったが、さすがに踏み込みすぎだ。

そして私は、自分が既に無遠慮な質問をしていることも知っていた。その気まずさを晴らそうとしてか、皮肉めいたことを言ってしまった。

「もともと月島だって、翼と付き合えるだなんて思ってなかったんでしょ？　翼目的じゃないって言って参加してきたのに、いつの間にか付き合ったりしてるけど」

あぁ、私って嫌な人間だな。どうしたら良い人間になれるのだろう。けれど皮肉はとまらず、半ば自棄（やけ）になったように続けてしまう。

そうしていると、あることに気付く。月島が静かになっていた。

躊躇いがちに月島が答える。

「うん……。そうだね。けっして上から目線じゃなくてさ。付き合いたいとも、付き合えるとも思ってなかったから」

困ったように月島は笑っていた。同時にどこか寂しそうで……。

なぜそんな顔をしているのか疑問に思っていると、目の前の男が続ける。

「でも大丈夫。その時がきたら、美波さんとは別れるよ。だから心配しないで」

「え？　それって、どういう……」

「あ、だからって今、美波さんと心なく付き合ってるわけじゃないから。僕は僕なりに彼女を大事にしたくて、それで……」

「いや、そういうことを聞いてるんじゃなくてさ」

発言の真意を問おうとしたところで、「戻りました～」と一花が扉を開けて現れる。

私と月島はそろって視線を向けた。

「えっと、あれ？　どうかしました？　葵ちゃん？」

二人から見つめられていることを不思議に思ってか、一花が尋ねてくる。

どうすべきか考えていると「あっつ～。やっぱ部室は涼しいね」「化粧が溶けそうですー」などと言って翼と笑菜も戻ってきた。

結局、その日は月島に真意を聞けずに終わる。これまでの付き合いで分かっていたけど、月島はその場を取り繕おうとして咄嗟に適当なことを言うやつじゃない。

事実、今日した会話の中に嘘はなかったように思えた。つまり……。

『その時がきたら、美波さんとは別れるよ。だから心配しないで』

あれは月島の本心ということなんだろう。でも、いったい……。

3

《この間のことなんだけど、ちょっと会って話を聞かせてくれる？》

そんなメッセージを月島に送ったのは、あれから三日後のことだった。

自分なりに考えてみたが、どうしても不可解だった。なら直接、月島に尋ねてみようと思ったのだ。ごまかしや嘘が見抜きやすい、対面の形で。

暦は八月の中旬に差し掛かっていた。お盆の時期で映画制作部の活動も休みだった。

《話って、メッセージや電話だと難しい？》

《会って話がしたいんだけど》
《分かった。いつなら大丈夫？　今日だと難しい？》
《今日は無理。明日とかは？》
《明日か。うーん》
《予定でもあった？　別に明後日(あさって)でもいいけど》
《いや、そういうわけじゃないんだけど》
《じゃあ明日にさせて。場所と時間は――》
半ば強引に場所と時間を指定し、月島に伝える。
《遅刻厳禁だから。当然、直前にキャンセルとかもやめてよね》
一方的すぎたのか、月島から返信はすぐにこなかった。まるで何かに躊躇っているような間を挟み、《うん。分かった》と返信がきた。
翌日、私は指定した店で月島を待った。雰囲気が良くてお気に入りの喫茶店だ。いつもは混んでいるが、お盆時期とあってお客さんの姿はまばらだ。
約束の時間五分前に月島はやって来た。呼び出したのが原因かもしれない。かすかに緊張しているように見えた。
飲み物を注文し、軽く世間話をする。飲み物が届いて少し経った段階で切り出した。
「で、この間のことって、どういう意味？」

「この間って……」

「その時がきたら、翼と別れるって話」

尋ねると月島が無言になる。言葉に窮しているかのように無言が続いた。

「言葉通りの意味だよ」

しばらくすると決心がついたのか、私に視線を移して月島が答えた。

「実はその、家庭の事情で冬に転校しなくちゃいけなくなったんだ。遠くの、学校に」

「え……」

人生の大事な話というのは時々唐突で、だからこそ不意を突かれてしまう。

私は声を漏らし、戸惑いを露わにしてしまった。でもそれは、月島が語る内容のみに驚かされたからではない。今までになかったことが起きていたからだ。

少なくともこれまで、目の前の男はそういうことをしないやつだった。

それなのになぜか、月島が嘘をついていた。私にはそう感じられた。

「それって、いつ決まったの」

「夏休み中かな。僕も、突然聞かされてさ。驚いちゃったよ」

困ったとでも言うように月島が笑う。この場をなんとか軽くしようとしていた。

そんな態度を目にして言葉に詰まりかけるも、私は会話を先に進める。

「つまりは、家庭の事情で転校するから翼と別れるってこと？」

「うん。そうなる、かな」

「それ……翼は知らないんだよね」

「ごめん。早めに伝えた方がいいとは思ってるんだけど、まだ伝えられてなくて」

「なんで？　少しでも早く伝えるべきでしょ」

転校が本当なら、という言葉を呑み込み、あえて突き放したような声で尋ねる。

月島が再び無言になった。

やがて、自身の悲哀を笑い飛ばそうとして、失敗したような表情で応じる。

「今が人生で一番幸せかもしれないから。……って、そう答えたら、笑われるかな」

今度は私が無言になる番だった。月島という人間が、いよいよ分からなくなる。

どうして月島は、そんな泣きそうな顔で笑うんだ。

今が幸せなら転校を拒めばいい。考えれば、何か手だてがあるはずだ。

それができなくても、翼と別れなければいい。世の中には遠距離恋愛だってある。

それなのに、どうしてそんな顔で笑って幸福を簡単に諦めるんだ。

私は一度に色んなことが分からなくなっていた。不可解だった。

「……月島。一つ確認させて。その転校の話だけど、そもそもそれってさ」

まとまりをつけるためにも、まずは自分の直感を確かめようとした。転校の話は嘘なんじゃないかと、意図も含めて尋ねてみようとした。

そうしていると目の前でもう一つ、不可解なことが起きる。

月島の顔色が悪くなっていた。突然、血の気が失せていっているように見えた。

自覚症状があるのか、本人も気付いたみたいだ。怯えの感情を私の前で強める。

思えば喫茶店に来た時から、月島は少し様子がおかしかった。

顔色の悪い月島が、何かを恐れるように私を見た。

「ごめん。僕、今日、たまたま、調子が良くなくて」

「え、ちょっと月島。大丈夫なの？」

次の瞬間、演技みたいなことが起きる。月島がテーブルに両腕を置き、そこに覆い被さる。「本当に、ごめ」と何かを言いかけた直後、体から力が抜けたようになった。

突然動かなくなる。

咄嗟に声をかけるが反応を示さない。思わず月島の腕に触れた。冷たかった。体温が低い。それなのに首筋に汗をかいている。明らかに変だった。

すぐに店員に声をかけ、救急車を呼んでもらう。月島は意識を失っていた。

4

救急車は十分もしないうちにやって来た。救急隊員に促され、同乗して病院へと向かう。翼に連絡すべきか迷ったものの、まずは車内で学校に連絡した。

当直の教師に繋がり、連絡を受けた月島の家族が来るのを病院で待つことになる。月島は命に別状はないということだけど、病室で眠り続けていた。

月島の両親はすぐにやって来た。以前病院で見かけた優しそうな母親と、闊達そうな父親が慌てた様子で現れる。

初対面のため、私は二人に簡単な自己紹介をした。月島と同じ映画制作部で副部長をしていることを伝え、今日は私が無理に月島を喫茶店に呼んだことを謝った。

しかし月島は、部活のことを両親に詳しく話していないようだった。

映画制作部の名前に二人は驚いていた。尋ねられるまま月島は新入部員で、役者として映画作りに参加してもらっていたと話すと、さらに驚いた様子になった。

「そうだったのね。部活に入ったとは聞いていたけど、映画を……。そんな経験もないはずなのに、迷惑をかけていたらすみません」

「いえ、迷惑だなんて。もともとは、うちの部長が無理に誘ったことですし……。それに、ご存じなかったのかもしれませんが、月島くんの頑張りもあって夏の映画祭で賞を取ることもできたんです」

そう応じたあと、自分が月島を認める発言をしていることに驚いた。

月島の家族相手だからと、サービスで口にしたわけではなかった。今日、月島に無理をさせた負い目から言ったわけでもない。

第三者に客観的に説明すると、つまりはそういうことだった。

あの賞は月島抜きでは取れなかった。私が認めまいと不機嫌になろうと、関係ない。

「賞を？　あの子、全然そんなことも話さなくて……」

私が静かに理解に貫かれていると、月島の母親が苦笑しながら応じる。

月島はあまり両親と似ていないと思ったが、よく見ると母親と顔つきが似ていた。父親の面影もある。共通して、三人とも優しい雰囲気をまとっていた。

月島が部活のことを秘密にしていた理由は分からないため、本人が言い出すまで知らないフリをしてほしいと頼むと、二人は頷いた。

その時になってようやく、意識を失い続けている月島のことに考えが及ぶ。

「あの、ちなみに月島くんには何か、持病でもあったんでしょうか？　倒れる直前、今日はたまたま調子が悪いとは言っていたんですが」

すると月島の両親が顔を見合わせる。わずかな間を挟んで母親が私に向き直ると、親切に答えてくれた。小さな頃は病弱だったが、持病と呼ぶほどのものはないと。父親も、心配しなくともしばらくすれば目を覚ますはずだからと笑顔で言い添えた。

「息子は……健康そのものですから。何も心配ありません」

ただ、父親のその言葉や挙動を前にして、私は思考をとめてしまった。

なぜだろう。どうしてだろう。父親の発言のどこにも、詮索するような嘘なんてないはずだ。そう考えながらも、これまでの蓄積が、直感が何かを知らせようとしていた。

「そうですか。分かりました。不躾なことを尋ねてしまって、すみません」

察してしまうから。感じてしまうから。私はいつも、時々辛い。

私は月島の両親に謝り、それから少し話すと家に帰った。

冬頃に転校してしまうのは本当ですか、とは尋ねられなかった。

5

結局、私が病院にいる間に月島が目覚めることはなかった。

それでも夜になると月島から謝罪のメッセージがきた。迷惑をかけて申し訳ないという内容で、貧血で意識を失ったと説明していた。

翼に心配させたくないから、転校の話や倒れたことは黙っていてほしいと頼まれる。

私はそれに了承した。だけどお盆休み以降、月島を見る目が変わってしまう。

そこにいるのは、何かを隠しているかもしれない人間だった。

翼は月島を好きになった理由として、陰があるからと冗談のように言っていた。

私もその陰のようなものを感じ取ってしまう。月島の微笑の裏に。時々、無言で遠くを見つめる目に。家庭の用事で休むという、何気ない連絡にさえ。

『今が人生で一番幸せかもしれないから。……って、そう答えたら、笑われるかな』

月島は何を隠しているのか。

その答えを私は、部活中のある瞬間に見つけてしまう。

夏休みも残り十日となったその日。インディーズ映画祭の受賞作が、映画のＤＶＤのようにパッケージングされて、記念品として部長の翼のもとに送られてきた。

勉強や反省を兼ねて、受賞作を通しで観ようと部室に集まる。鑑賞予定の作品の中には《難病の女の子が死ぬ話》も含まれていた。

順番が巡り、特別賞のそれがパソコンのモニターに映し出される。翼が月島を茶化しながら、笑菜と一花が嬉しそうにしながら、皆でその作品を観た。

『そうやって絶望するのは簡単だよ。だけどさ、絶望しても何も変わらない。周りの人を悲しませるだけで、自分だって悲しくなるよ。だったら……まだ、怒った方がいい』

私は一人、鑑賞の途中で言葉を失っていた。ほかの部員にとっては単なる映画のワンシーンだったが、私にとっては違った。自らの問いの答えに気付かされたからだ。

月島は何を隠しているのか？

こんなにも堂々と、答えが提示されているなんて思いもしなかった。

『君は本当に死ぬんだよ。あと半年？　それでどうして普通なの？　人生を諦めたフリをしてるの？　そんな簡単に諦められないよ。人に当たり散らかしたくなって、普通の人が嫌いになって。そのせいで、自分も嫌いになって……。でも、それでも……もっと生きていたいって、あがくはずなんだ』

画面の中では月島が、余命が短いヒロインに向けてそう語っていた。

なぜあんな言葉が月島から出てきたのか、私は疑問に思っていた。

憑依型の役者というのは稀にいるらしく、休憩中に「素でやって」と私は頼んだが、月島なりにキャラ作りをして臨んだ結果かとも思っていた。

けれど違ったのかもしれない。あれは月島にとって素の言葉だったのかもしれない。

なぜなら月島こそが……。

全ての受賞作の鑑賞を終えると、刺激を受けたのか翼と一花は興奮していた。駅前のファミレスのクーポンがあるということで、感想を話し合おうと場所を移す。

ファミレスでも翼を中心にして賑やかに過ごした。私の心だけが静かだった。

夕方になり、暗くなる前に解散する。私は本屋に寄ることにしてファミレスの前で四人と別れた。しかし本屋には足を運ばず、近くの公園に赴いてベンチに腰を下ろす。

しばらくするとスマホが、メッセージの受信を音で知らせた。

《皆と別れたけど、どこに行けばいい？》

相手は月島だった。ファミレスにいる間、私は月島にメッセージを送っていた。大事な話があるから、このあと二人で少し話せないかという内容で、月島はそれに応じた。

今いる場所をメッセージで送って待っていると、月島が一人で現れる。

月島はどこか神妙な顔つきをしていた。私を見つけると近づいて来る。

ベンチから腰を上げ、ひと気のない公園で私たちは向かい合った。

「あのさ」

私は言う。

「うん」

月島は応える。視界の端では、夕陽が落下を続けていた。

「あんた……ひょっとして死ぬの？」

尋ねると月島が動きをとめる。複雑なはずの人間の表情が静止していた。

個人の問題でもあり、追及すべきか最後まで迷ったが、聞かないわけにはいかなかった。映画制作部にとっても、大事なことだったからだ。

前置きのない唐突な質問に、月島はしばらく無言になっていた。

「どうしたの？　前のことを気にしてるのなら、一度倒れたくらいで大袈裟だよ」

私の言葉を冗談にしようとしてか月島が笑う。

私は無言を保った。こういう時の沈黙の効果を知っていたからだ。

「それに……人は誰でも死ぬよ」

「そうだね」

「本当に、どうしたの、いきなり」

「月島の余命はどれだけなの？」

月島の表情がまたしても静止する。

「映画の主人公って、あんたのことだったんでしょ」

風が夕方の公園を渡った。空は世界そのものが燃えているかのように、赤い色をしていた。またしても月島が無言になる。

「……なんの、ことかな？」

やがて、自分でも下手だと分かっているであろう芝居を私に見せた。

月島の両親とした会話の内容は伝えず、できるだけ簡潔に、その結論に至るまでの筋道を私は話した。

今日あらためて観た映画が、ほとんど決定的だったとも。月島がついたであろう嘘。

話している間、月島は終始無言だった。会話を遮ることも反論することも、ごまかそうとすることもなかった。何かを認め、最終的には苦笑していた。

「嘘をつくなんて、なんでもないことだと思ってたけど……想像以上に難しいんだね」

私が話を終えると、月島が視線を夕陽に移して言う。

眩しそうに、あるいは苦しそうに目を細める月島の横顔を、私は見つめた。

「でもなんだか、今は少しほっとしてる。少なくとも……これ以上は速水さんに嘘をつかなくてよくなるからかな。ちょっとだけ、不思議な気分だよ」

言葉通りに月島は、どこかさっぱりとした表情で応じていた。この場面での一回きりの、借り物ではない言葉と表情で語っていた。

「翼が今の台詞を聞いたら、撮っておけばよかったって言うかもね」

深刻な場面だからこそ、私は冗談めかした。それに反応して月島が微笑む。

「きっと美波さんなら、もう一回言ってと頼んで、撮影を始めるんじゃないかな。それで僕は間抜けな人間だから、恥ずかしがりながらも同じ台詞を言うんだ」

「そうかもね」

「……あれ？　今のそうかもねって。どっちについて？」

「翼が言いそうなことと、あんたが間抜けなことの両方」

そこで私たちは自然に笑い合う。思えば二人でこんなふうに笑うのは初めてだった。

私はとても素直な気分になっていた。私たちは美波翼という人間を大切にしていた。そこに偽りはなく、それだけで月島誠という人間と分かり合える気がした。

微笑んでいたその月島が、いつしか私を見つめていた。

少しの躊躇いを挟むと、複雑な、聞いたことのない病名を口にする。

「今年の三月に、余命が一年だと宣告された」と話した。

今は夏だというのに、まるでしんしんと雪でも降っているかのようだった。

世界の音が、全てその降る雪に閉じ込められる。

私は自分が何を言えばいいのか、何を思えばいいのか、途端に分からなくなった。

その半面、奇妙な静けさの中で月島のこれまでの発言が次々に繋がっていく。

「確かめたいんだけどさ……。転校って私に言ったのは、なんで？」

「速水さんにだけじゃなくて、いずれ皆に言うつもりだった」

私に視線を向けたまま月島が言葉を返す。夕陽は音もなく落下を続けていた。

「身近な人が死ぬのって、悲しいしショックだよね。そういう思いを僕は、皆にしてほしくないんだ。だから事情を知る担任や保健室の先生とも相談して、病気で学校に通えなくなったら、急な転校が決まったことにして……いなくなるつもりだった」

「それ、翼は知らないんだよね」

「前にも話したけど、転校のことはまだ伝えてない」

「余命が一年だって、宣告されてたことは？」

月島が私から視線をそらす。悔いるように悲しむように答えた。

「それも知らない」

知らず、私の体は動いていた。月島に詰め寄ると胸倉を摑んでいた。そんな漫画やドラマみたいなこと、実際に自分がするなんて思わなかった。

「なんで、なんで翼と付き合ったの」

そして気付くと、月島に強い口調で尋ねていた。

「そんなの、翼が悲しむに決まってるじゃん。今、翼は月島のこと好きになってる。恋愛が分からないって言ってた翼が、月島のことを純粋に好きになってる。それで、そんな状況で月島がいなくなったら、死んだら……。翼が、すごく悲しむじゃんか」

言い切った直後、あまりにも最低な発言をしていることに考えが至る。

気まずくなり、月島から手を離した。うつむきながら謝る。

「ごめん。一番辛いのは月島なのに……。私、最低なこと言った」

「ううん。友人を大切に思うのは当然のことだよ。気にしないで」

思わず顔を上げる。こんな時でも月島は笑顔だった。

だけどそのあと、どこか思い詰めた表情となって月島が言う。

「でも、心配しないで。病気のことは美波さんには隠すから。隠し通してみせるから。それで転校して別れれば、時間とともに僕は単なる過去になる。そうすればきっと、美波さんもそこまで傷つかない……と思ってる」

深刻で悲しいことを口にしながらも、月島は口調を前向きなものに偽り始めた。

「本当に、心配しないで。僕の病気も死も、隠し通してみせるから。僕の病気は、意識を失う頻度と時間が徐々に増えて、最終的には目覚めることなく、命を失ってしまうものらしいんだ。でも意識を失う予兆はあって、それを見逃さなければ病気は隠し通せる。そもそも夏休み前まではなんともなかったんだ。この間は慣れてなくて、考えも甘くて、速水さんの前で倒れちゃったけど……。今後は徹底する。だから……」

無理にでもその場を明るくしようとしていた月島が、口を閉ざす。

笑おうとして失敗したような表情で尋ねてきた。

「それとも僕、もう美波さんの前から消えた方がいいかな？　夏休み明けの転校が、急に決まったことにして。美波さんとも連絡をとらずに、それで……」

月島の顔は情けないものだった。しかしその情けなさは、私がよく知る情けなさでもあった。映画監督になろうとしてなれなかった、私の父親によく似て……。

追憶に誘われ、小さい頃の自分の姿が脳裏によみがえる。

残された人間は、いつかひょっとしてと、去った人間を待つことになる。

離婚したと言われても関係なかった。いつか帰ってきて、また一緒に暮らせるんじゃないかと思っていた。でも時間が経ち、理解が及ぶにつれ、その可能性はないと知る。

翼はどうだろうか。月島がいなくなったら。待つだろうか。追うだろうか。

時間とともに、月島を過去にするだろうか。私の中で父親が過去になったように。

――子どもはどれくらい子どもで、大人はどれくらい大人なんだろう。

「ふざけないでよ」

子どもは子どもだ。たとえ大人の嘘を見抜けるようになっても、何も変わらない。

自分の幸福を見つめればいいだけの存在だ。

自分が犠牲になることも、何かを諦めることも、しちゃいけない。

気付くと私は怒っていた。私は多分、本当は何かにずっと怒りたかったんだ。

理不尽なこと。子どもを大人にさせること。大人にならざるを得ないこと。

そういうことに怒りたかったんだ。

「さっきの私の発言……もう一度謝らせて。どうして翼と付き合ったかなんて、決まってるよね。それが月島の幸福に繋がるから。だからあんたは、ちゃんとそれに手を伸ばした。人間として正しいことをした」

きっと月島にとって、今の時間はかけがえのないものなんだろう。

可能な限り普通の生活をし、好きな相手と恋人関係になって毎日を生きる。

その相手が本当に好きだからこそ、病気のことは隠している。悲しませたくないからと相手のことを考えて、子どものくせに大人みたいなことをしている。

「だったら、その幸福を少しでも長く守ってよ。月島は、死ぬんだよ。分かってるの？本当に死んじゃうかもしれないんだよ」

今、子どもにすぎない月島が、幸福を放棄しようとしていることが許せなかった。

もっと我がままに生きるべきだ、月島は。好きな人がそばにいる間に。もう会えなくなる前に。自分の幸福に素直になるべきだ、そうすべきだ、月島は。

それに、翼を大切にしているのは月島だけじゃない。私だって友人として大切に思っている。月島のことくらい私が面倒をみる。一緒に隠し通してみせる。だから……。

「幸せを失うかもしれない人間が、今の幸せを簡単に諦めないで。私も協力するから。これは、月島のためじゃない。人間の尊厳のため。それに、翼を悲しませないため」

なぜか私の瞳からは涙が流れていた。それが頰を伝う。過去の自分を月島に重ねたわけじゃない。そもそも月島のことなんて大事じゃない。そのはずだ。そのはずだった。

でも心のどこかで、そうじゃない部分があったのかもしれない。

目の前のこいつが、優しい人間だと知ってしまったから。努力を欠かさない人間だと気付いていたから。誠実な人間で、それで、部員として認めていたのかもしれない。

五人目の、映画制作部の仲間として。

「月島は私たちの仲間として、自分の幸せを放棄しないで。いい？」

私が涙を流していることに驚いてか、月島は言葉を失くしていた。

その状態が長く続く。

やがて迷ったような素振りを見せながらも「……分かった」と月島は応じた。

「速水さんは、とても優しい人なんだね」と言ってきた。

だから私は月島を軽く叩いて、必ずあんたの味方になるからと言葉にして誓った。

6

人は、目を開けばたくさんのものを視界に収めることができる。

光や景色。町や人。様々に紡がれる、大きな営みや小さな営み。

しかし、どれだけ目を凝らしても見えないものがある。

人の人生で内面で、悩みで病気だ。

あのあと、私は公園であらためて月島から病気のことを詳しく聞いた。

今後のために必要なことでもあり、涙を拭い、自分を切り替えてその話に臨んだ。

現状では数日に一度程度のことらしいが、突発的に症状が表れて意識を失ってしまうと月島は話した。だけど意識を失う日の朝には、低体温になる予兆があるという。

検温して体温が低かった日は無理をせず、部活は休むように月島に言った。

自然な形で私がフォローするからと。

ただ、夏休み中は部活を休むのにも様々な言い訳が使えるが、学校が始まったら少し難しくなる。その対策を早めにする必要があった。

それについては月島に考えがあるということで、私たちはそのことを話し合う。

それから四日後、月島は部活を休んだ。夏風邪を引いたという理由だった。

皆は心配していたけど、風邪ということもあって深刻には扱わなかった。

月島が意識を失っていることは、私だけが知っていた。

風邪を引いたことになっている日の夕方、月島からメッセージがくる。昼前から今まで意識を失っていたそうだが、明日の午後は部活に参加できるという内容だった。

二日続けて意識を失うことは今のところないようだ。

そのメッセージ通り、翌日の午後に月島は部室にやって来た。

「あ、誠。風邪は治った？」

翼はごく普通に月島に接していた。夏風邪のことを疑っていなかった。

「ごめん、心配かけて。なんとか大丈夫だから」

「今度風邪引いたら、お見舞いに行ってあげようか？　あ～んとかしてあげるよ」

「え？　や、風邪を移しちゃ悪いし、大丈夫だよ」

月島もまた、意識を失っていたとは微塵も感じさせない振舞いをしていた。

タイミングを見計らい、私は事前に月島と考えていた台詞をその時に口にする。

何気ない発言となるように装ってはいたが、ひそかに緊張していた。しかし今後のためにも重要なことだった。

「っていうかさ。月島って色も白いけど、健康面は大丈夫なわけ？　特に聞いてなかったけど……。なんか、昔は病弱でしたって雰囲気あるよね」

私が興味なさそうに言うと、月島が言葉に窮したようになる。

「え、あ、その……。実は美波さんには話したことがあったけど、小学生の頃はちょっと、体が弱くて」

月島の母親からも聞いていた話だが、それを知らない笑菜と一花は軽く驚いていた。

「え、誠くん、今はもう大丈夫なの？」

「あ、うん。大丈夫だよ。あくまで昔のことだから。ただ今年の夏は暑かったこともあって、両親が少し過保護になってさ……。時々、昔の関係で病院に行くために、学校や部活を休む日があるかもしれない。夏休み中も何度か休ませてもらってたけど」

笑菜の質問に、月島は申し訳なさそうに応じていた。

それはほとんど素の反応で、嘘があると見抜ける人は少ないだろう。おまけにプライバシーに関わる話で、詮索がはばかられる話題でもあった。

「誠、くれぐれも無理はしないようにね。休む時は遠慮なく連絡くれればいいから」

翼も月島が病弱であったことを知っていたからか、気遣いの言葉をかけていた。

そうやって月島の日常を保つ準備をしながら、夏休みはやがて最終日を迎える。次回作の制作に向けて、具体的な撮影計画の話し合いを行うことになった。

その時のために用意していた考えを、私はその場であらためて皆に伝える。

「で、今回なんだけど、月島は役者じゃなくて、私の助手として使わせてもらうから」

企画の段階では役者は三人の予定だった。しかし脚本を担当している私が、月島を削って急遽二人にした。月島に何かあった場合、無理なく部活を休ませるためだ。

多少強引な提案ではあったが、それについても考えがあった。

「葵、それなんだけどさ。撮影は誠の無理のない範囲で進めるとしても、やっぱり三人にしようよ。せっかく誠がいてくれるんだし」

最後まで翼は渋っていた。笑菜と一花の二人だと、今まで作ってきたものの焼き直しになってしまう可能性が高いからだ。

「今回は我慢しな。それに今の私たちだと、冬の映画甲子園で入賞は難しいよ。自覚はあるでしょ？　今回の企画会議でもそうだったけど、翼はすぐ芸術方面に走るから」

「えー。それはまぁ……そうかもしれないけど」

むずがる翼に対し、私はわずかに間をあけてから「それにさ」と続ける。

「映画制作部も五人になったんだし。月島には役者のことだけじゃなくて、もっと色んなことを覚えてもらった方がいいでしょ。今後の映画作りのためにもさ」

言い終えると一瞬、部室が静かになる。翼に一花、そして笑菜までもが驚いた様子で私を見ていた。月島を部員として認めたような発言を、私がしたからだ。

「葵ちゃん、どうしたの？　何か悪いものでも食べた？」

そう発言した一花を睨み付けて慌てさせたあと、私は溜め息をつく。

「ま、だからさ。役者を三人使って撮るのは次の機会にしよ。今後に向けて、部としての底上げも必要でしょ」

月島からの視線を感じながら言うと、「ん～」と翼が考え込む。

しばらくすると納得がついたのか、「まぁそっか」と笑った。

「確かに、そうかもね。来年だって、なんなら大学生になったって、皆で映画を作る機会はあるんだし。私たちはこれからは五人だもんね」

翼は笑顔で無邪気にそう言っていた。これからも五人で映画が作れると信じていた。

そんな翼が見つめる先には月島がいた。月島が自然に微笑む。

「うん、そうだね」

……そこにある心苦しさにはきっと、私だけしか気付けないだろう。

いつしかアブラゼミの声は消え、時に窓から涼しい風が入り込むようになっていた。

それぞれの夏が、音もなく終わろうとしていた。

Scene3.

美波 翼

1

人生は何かを成し遂げるには短すぎるが、何もしないでいるには長すぎる。

そういった意味の有名な言葉がある。

多分だけど、人生を容易に変えてしまう言葉というのは存在する。

あまりにも深く根付いていて、意識しないと取り出せないほどになっているけど、誰でも何かしらの言葉と出会っているはずだ。

私にとっては、その言葉がそうだった。初めて目や耳にしたのがいつなのか記憶にないけど、何かで知って小学校の高学年の頃にはぼんやりと頭の片隅にあった。

何もしないでいるには、人生は長すぎる。

けれど毎日はいつも、何気なく過ぎていく。

そんな私にある種、決定的なものを植え付けたのが小学五年生の社会科見学だった。

工場見学に赴き、製品がベルトコンベアーに乗って出来上がっていくのを見た。

皆は特に気にしていなかったけど、私はその工程からなぜか目が離せなかった。私の人生もこんなふうに辿るのかなと、子ども心ながらに漠然と感じてしまった。

何もしないでいるには人生は長いけど、毎日は何気なく過ぎて……。

そのまま決められたルートを辿って進み、結局は同じものが出来上がる。

私はまるで、ベルトコンベアーに乗っているみたいだと思った。

人生だけじゃなくて、私の一日についてもそうだ。朝目覚め、学校に向かう。友達と話し、授業を受けて放課後になる。自動的に一日のほとんどが終わる。

ベルトコンベアーに乗せられているかのように一日が、日々が過ぎていく。

ある時、想像した。足元のベルトコンベアーは、どこまで私を運んでいくのだろう。

そもそも、このベルトコンベアーは私を誰にするのだろう。

自分を乗せている何気ない日常が、過ぎて行くだけの日々が、途端に怖くなった。どうやればいいか分からないけど、それでも勇気をもって飛び降りてみたくなる。

そんな私に映画を与えてくれたのが、幼馴染の葵だった。

葵は保育園時代からの友達で、いつも一緒だった。空想癖があってぼんやりしていた私はしっかり者の葵に助けられていて、両親からも葵がいれば安心だと言われていた。

「翼の悩みはよく分からないけど、よかったらこれ一緒に観てみる?」

小学五年生のある日、私の抽象的な悩みを相談すると、翌日になって葵は我が家に映画のDVDを持って来てくれた。

そのDVDはもともと、葵の父親の物らしかった。遊びに行くと葵はよくその父親と一緒に難しそうな映画を観ていた。お菓子をいつも買ってくれる優しい人だったけど、その父親は私たちが四年生の時に突然いなくなってしまった。

葵に勧められるままに、持って来てくれた映画を一緒に観る。それまで私にとって映画といえばアニメかコメディで、真面目な外国の映画は観たことがなかった。

大人になったようでドキドキしながら画面に視線を注ぐ。映画の主人公はとても真面目で地味な人だった。社会人で、どこかの会社で働いていた。

『毎日は、ベルトコンベアーに乗るみたいに過ぎていく』

映画が始まって数分後、主人公が心の中でそう述べた時に私は動けなくなった。驚いていたのだ。自分と同じように考えている人が存在したことに。

その主人公には恋人がいた。綺麗な人だったけど主人公に厳しかった。

ある日、恋人にそう言われて主人公がフラれる。

『こうやってあなたと、ベルトコンベアーに乗るみたいに結婚して、家庭を作って、子どもを産んで、墓場まで運ばれていく。そんなの私には耐えられない』

主人公が茫然となって足元を見た。

それは、私もしたことがある動作だった。足元のベルトコンベアーを見ていた。

しかし主人公は私とは違い、それから自分を変えようと奮起した。学生時代、主人公は映画を撮っていた。本当は映画監督になりたかったけど、その夢を諦めていた。

自分を変えようとした主人公はやがて、一人で映画を作り始める。でも一人ではうまくいかず、徐々に仲間を増やして映画を作っていく。

私はその映画を観ながら心を震わせていた。初めて、他人は完全に他人じゃないんだと思えた。自分と同じようなことを考えている人間が、確かにいることを知った。

それを教えてくれた映画に、いつしか魅了されていた。

その日を境にして、私は葵と一緒に様々な映画を観るようになった。葵の家には鑑賞し切れないほどの映画があった。古いカメラや撮影機材、映画制作に関する本もある。自分も映画を作ってみたいと、自然と考えるようになっていた。

それから私の人生は急に忙しくなる。

近所に住む一花を巻き込み、小学生でもできるという市販の映画制作キットを両親に買ってもらい、それに従って《一花の冒険》というタイトルの映画を三人で作った。

生まれて初めて作った映画は拙いものだったが、それでも楽しかった。

毎日のように三人で集まって映画を観たり、スマホなどで映像を撮り始める。映画制作キットには小学生向けのパソコン編集ソフトもついていて、操作に慣れようとした。

中学校に入学する。映像関連の部活はなく、葵と文芸部に入った。

文芸活動の一環だと言って、映画の作り方や本格的な動画編集ソフトの使い方を勉強する。好きな作品のオマージュから始めて葵と二人で色んな映画を撮った。

中学二年生になると一花が入学してくる。二人が三人になった。転校生であった笑菜と出会い、口説き落として仲間にする。三人が四人になった。

そして中学三年生の夏、中学生限定の映画コンテストで優秀賞を取った。四人で喜ぶ。クールな葵が泣いていた。これからもこの四人で映画を作ろうと言っていた。

高校に入学しても私は葵と映画を作り続けた。私が生きるということは、映画とともにあることだった。そんな私の足元からは、いつしかベルトコンベアーが消えていた。

「翼さんって、ちょっと変わってるよね。恋愛に全然興味ないの？」

しかしある時、同級生にそう言われる。映画ばかりで疎かにしていたことがあった。周りを見ると青春をし、恋をし、誰かと誰かが付き合うといったことが起きていた。

恋愛のことは一応知っていた。それまで何度も映画で観て、歌で聞いていた。告白されたこともあったが、私に恋愛の実感はなかった。誰かを好きになったこともない。

でも、少しだけ思った。映画のように歌のように、恋愛を感じてみたいと。

あるいは恋愛をすることは、豊かになることなのかもしれない。映画を作り続けるためにも、自分の人生を生きるためにも経験してみたい。ただ、好きという感情が……。

「はい、カット」

残暑が去り、いつしか季節は秋に近づいていた。夏休み明けから私たちは、冬の映画甲子園へと向けた新作《干からびた向日葵》の撮影計画を進行させていた。

等身大の高校生を演じてもらうため、主役は一花にお願いした。カットの声でその一花が大きく息を吐き「緊張したー」と言って、相手役である笑菜に笑顔を見せる。

撮った映像のチェックをしている私の背後では「月島、次のシーンだけど」「シーン十二ですよね？　映像確認が終わったら――」と、葵と誠が進行確認をしていた。

撮影現場である校舎裏の一角で、私は振り向いて誠に視線を移す。

誰かを見てたまらなく幸せな気分になることがあるなんて、知らなかった。

私は自分から告白して、夏休み前から誠と恋人になっていた。恋愛の勉強相手としてではない。正式な、お互いに好きという感情をもっている本当の恋人としてだ。

見ていることに気付いたのか、誠が私に顔を向ける。どこか困ったように笑った。

私の中で愛しさが溢れる。「ねぇ、誠」と思わず呼びかけた。

「はい、どうしました？」

すると誠が、スタッフの立場で尋ねてくる。

「別に大した用ではないんだけどさ」

「え、うん」

「純粋にこう……好きだよ、って思って」

やりたいことがあり、仲間がいて、好きな人がいる。私はなんだか無性に幸せだった。

贅沢にも、全てが満たされた思いだった。

私の言葉に誠が照れたようになっていると、葵が溜め息をつきながら近づいてくる。

「監督、スタッフとイチャついてないで次のシーンいきますよ」

「あ、ごめんごめん。葵のことも大好きだからね」

「は？」

「あれ、嫉妬して注意してきたんじゃなくて？」

「たまに思うけど……翼っておバカだよね」

「映画バカと呼ばれるのは、やぶさかじゃないよ」

「いや、やぶさかであってよ。月島もそう思うでしょ？」

「え？　あ、でも僕……。楽しそうに映画を作ってる美波さんが好きだから」

「うっざ」

そうやって話していると「今、恋愛の話をしてました？」と一花がやってくる。「好きだとかバカだとか、修羅場っぽい単語、聞こえたよねー」と笑菜も後ろに続いた。

好きなものが増えることは、幸福が増えることによく似ていた。

何気なく五人で過ごすこの時間が、日常が、私をこのうえなく幸せにする。

それからも撮影を続け、葵の進行に助けられて予定通りに今日の撮影が終わる。

夕陽を浴びながら撤収作業を始め、部室へと戻った。皆で機材を片付ける。

その最中、ふと思った。そういえばこの五人で写真を撮った記憶がない。

「ねぇ、ちょっと皆で記念撮影しない？」

私の言葉に全員が「え？」みたいな声を上げた。戸惑う部員たちに席に座るよう頼み、私は自分のスマホをスタンドで固定する。タイマー機能を使い、写真の撮影を始めた。

「それじゃ皆、撮るよ。笑って～」

次の瞬間、パシャリという音が響き、この時間がデータとして保存される。

葵が仕方なさそうに微笑み、笑菜と一花は仲良く寄り添って笑顔を見せていた。誠も笑顔を浮かべ、その隣で私は、嬉しさが隠しきれないといった表情で笑っていた。

帰宅後、私は映画制作部のグループメッセージにその写真を投稿した。

皆がそれぞれに反応してメッセージを送ってくる。そのやり取りと写真を見つめながら、こんな幸せな日々がいつまでも続きますようにと願った。

いや、これからも間違いなく続いていくと信じていた。

だけど私はもっと、色んなことに敏感になるべきだったんだろう。既にたくさんのヒントはあったというのに、情けないくらいに無頓着で、まったく気付いていなかった。

誠が無理をして、日々の撮影に付き合ってくれていたことに……。

2

私が誠の異変に気付いたのは、十月に入って衣替えを終えた頃のことだった。

新作の撮影は計画通りに進んでいた。どちらかというと余裕があるくらいだ。

それがその日、撮影中に脚本の不備が見つかった。とはいえ、大きな不備ではない。修正は資料がある部室でやればすぐに終わるという話で、脚本担当である葵と補助の誠に任せ、ほかの三人で予定していた別のシーンを撮ってしまうことにした。

その撮影が予想以上に早く終わる。助監督の仕事は撮影を進めるために不可欠なものだ。過去に葵抜きで撮影した際にグダグダになった経験もあり、私たちは驚いていた。

二人も驚くだろうと考えて部室に戻ると、誠が一人でいた。

珍しいことに机にうつぶせになって寝ていた。葵の姿はなぜか見当たらない。

「あれ？　葵ちゃんは？」

「いないねー。というか誠くん、疲れて寝てるのかな？」

「かもしれないね。葵にしごかれてるせいかも」

その光景を想像してか、三人でそっと笑う。誠を起こさないように静かに機材を片付けた。脚本の修正待ちなため、整理が終わったら帰っていいと伝えると二人は喜んだ。

「一花ちゃん。だったらちょっとお茶でもしていかない？」

「いいですね。恋バナしましょう！」

楽しそうに話す二人を見送ると、私と誠は部室で二人きりになる。葵がいないことは疑問だったが、特に連絡もないので、何か大きな問題が起こったわけではないだろう。

対面の席に腰かけ、眠る誠をじっと見つめる。

机に置かれた誠の手に視線が向いた。

恋人になって以降、私の中で変化したことがあった。以前はなんでもなかったのに、誠と手を繋ぐことができなくなっていた。なんだか恥ずかしくなってしまったのだ。

でも今、誠は眠っている。考えた末に、私は自分の手を誠の手に近づけていった。たったそれだけのことなのに、自覚できるほどにトクトクと心臓が脈を打つ。

伸ばした手が、誠の手に迫る。躊躇いつつも思い切って誠の手を取った。

「え……？」

感じるだろうと思っていた喜びや気恥ずかしさ。そういったものを驚きで忘れる。

誠の手は、何かの間違いかと錯覚してしまうほどに冷たかった。

つい離してしまった手で、再び誠の手を摑む。冷たい。間違いではなかった。

立ち上がり、思わず誠の口に手を添えた。当たり前だけど息がある。しかし、何かが変だった。呼吸も浅い気がする。

「ね、ねぇ誠？」

起こそうとして声をかけた。誠の肩を揺すっていると、廊下から足音とともに切迫した声が聞こえ始める。部室の扉が開いた。

姿を現したのは葵だった。なぜか後ろには保健室の先生もいた。

「え、翼？　撮影は？」

私が戻っていると思わなかったのだろう。葵は驚いていた。

「予定より、早く終わって。それより誠が」

動揺しつつも状況を伝えようとしていると「落ち着いて、翼」と、その発言を遮って葵が言う。どこか緊張しながらも、安心させようとしてか葵は微笑んだ。

「大丈夫だから。心配しないで。……それ、単に眠ってるだけだから」

「眠ってる、だけ？」

戸惑った私は誠に視線を移す。葵は躊躇っているかのように、しばらく無言だった。

発言の意味を問うべく目を合わせようとすると、言いにくそうに葵は続けた。

「その、実はさ」

次に葵が口にした言葉を、私はうまく受け取れなかった。

「なんか月島、不眠症らしくて」

不眠症……。状況がすぐに理解できずに混乱していると、誠のプライベートに話が及ぶためか、葵が珍しく言葉を詰まらせながらも説明してくれた。

私が心配しないように誠からは秘密にしてほしいと頼まれていたそうだが、誠は不眠症で夜に眠れず、薬を処方されているという話だった。そしてその薬の副作用が強いものらしく、日中でも一度眠ると簡単に起きなくなったり、手足が冷えたりするという。

葵の補助となった時から、誠は不眠症のことは話していたようだ。ただ、葵も薬の副作用を目にしたのは初めてで、用心に保健室の先生を連れて来たということだった。

葵に話を振られた先生が、私に向けて控えめに微笑む。

「不眠症は、単に眠れないだけと思われるかもしれないけど……。本人にとっては、すごく深刻なことなの。時々、強い薬が処方されることもあって」

「強い薬。そっか、それで」

「せっかく眠れたのに無理に起こすのも可哀想だから……保健室で寝かせてあげることにしましょうか。遅くなりそうなら、月島くんのご両親には私から連絡しておくから」

誠の容体を軽く診たあと、先生が誠を背負って保健室まで運ぶ。

《昨日はごめん。なんだか部室で爆睡しちゃったみたいで》

翌朝になると、そんな謝罪のメッセージが誠から送られてきた。

誠が気にして症状が悪化するといけないから、不眠症には気付かないフリをしようと保健室の先生に言われていた。私はそれに同意していて、誠のメッセージに合わせる。

しかし誠の不眠症を知って以降、けっして悪い意味ではなく、誠のことが気がかりになってしまった。

無理をしていないか。何か我慢していないか。どうしても気になってしまう。

自分なりに不眠症のことも調べてみたが、珍しい症状ではなく、高校生でもあることらしい。ストレスは大敵ということで、葵と相談して誠の仕事量を減らすようにした。

誠は自分から不眠症のことは話さなかったが、通院のためか学校と部活を休む日があった。昔は病弱だと知っていたし、誠も大丈夫だと言っていたから触れないようにしていたけど、思えばそれは以前からあったことだ。

実は不眠症のことで悩んで、誠は病院に通っていたんだろうか。

私は恋人なのに、誠が眠れなくて苦しんでいたことにまったく気付けなかった。

誠の不眠症が心配な一方、幸いにして日々の撮影は順調だった。息を合わせて撮影を進行させる。笑菜の演技も良くて、一花から言葉を自然な形で引き出していた。

「はい、カット。おっけ～。ちょっと確認するね」

誠が部室で寝ている姿を見てから約二週間が経った。その日の放課後は、学校近くの公園での撮影だった。映像を確認して問題ないことが分かると撤収を始める。

皆で機材を持って学校までの道を歩いた。今日は誠も撮影に参加してくれている。進行確認のためか、私たちの後方で葵と話していた。

「撮影、順調だねー」

「有難いことにね。笑菜と一花に助けられてるよ」

「そんな、私なんか笑菜ちゃんに比べたら全然だよ。リテイクもよく出しちゃうし」

大事にしないように、笑菜や一花には誠の不眠症は伝えていなかった。学校に戻る道中、誠の状態を知らない二人と言葉を交わす。

その途中でも、誠は大丈夫かとつい気になって視線を後方に向けてしまう。

するとー花がそれを別の意味に捉えたのか、私に体を寄せて尋ねてきた。

「そういえば翼ちゃん、どうなの誠さんとは」

「え、どうなのって？」

「ほら、二人は恋人同士だから」

「あ〜、一花ちゃんがエロいこと聞こうとしてるー」

「そ、そんなんじゃないよ」

昔から一花は恋愛の話が好きで、今でもそれは変わらない。微笑ましくなりながらも、誠との現状をどう話そうか悩んだ。誠の不眠症を口にするわけにもいかず……。

「誠とは、順調だと思うよ。ただ、知らないうちに負担をかけてないか、少し心配だったりもするかな。私だけが誠を好きなんじゃないかって……」

迷った末に素直に思いを吐露すると、二人は言葉を失くして真顔で驚いた。

「翼ちゃんが乙女な顔してる……」

「本当に恋してるんだー」

「え、そんなに良い反応だった？　なら今の私、撮っておけばよかったかも。恋愛系の作品を撮る時の参考資料になったかもしれないし」

「よかった。いつもの翼ちゃんに戻ったー」

笑菜の一言で私たちは笑う。それから話題が私と誠の恋愛事情に移った。

最近はどこにデートに行ったのか尋ねられたが、夏休み明けから撮影だったり誠の用事があったりと、特別な外出はなかった。部活帰りに喫茶店やゲームセンターに寄ることはあるものの、休日に約束して出かけることは随分としていない。

「それならさー、撮影も順調だし、今週の休みにでもデートしてきたら?」

そのことを二人に伝えると、笑菜がのほほんとした顔でそう提案してくれた。

「でも、まだ撮影に区切りもついてないし」

「監督なんだし、息抜きも重要だよー」

「息抜き、か……」

それは私にだけじゃなく、誠にとってもそうかもしれない。不眠症の原因は分からないけど、たまには二人で思いきり羽を伸ばして遊ぶことも必要なんじゃないか。

そう考えた私は、笑菜と一花に後押しされたこともあり、部室に戻ったあとに誠をデートに誘ってみた。緊張しながらも、決心が鈍らないうちに自分から誘えた。

「その……えっと。今週の日曜日、よかったらデートしない? 最近、お互い予定とかあってできてなかったしさ。私……誠と遊園地に行きたくて」

少しばかり唐突な誘いではあったけど、誠は応じてくれた。

誠は迷っていたし、ひょっとすると用事があったのかもしれない。だけど笑菜と一花が加勢してくれた結果、日曜日は部活を休みにして誠とデートをすることになった。

　かえって気を遣わせてしまったかもしれないと心配だったが、誠はそんなことはないと言ってくれた。

「誠、本当に大丈夫だった？」

「部活が休みなら予定はないし。うん……きっと大丈夫。デートしようよ」

「いいの？　無理してない？」

「無理なんてしてないよ。誘ってくれてありがとう」

　当日の待ち合わせ場所など、詳細なことも決める。繁華街にある駅前広場に、日曜日の朝九時の約束になった。

　その光景を笑菜と一花は満足そうに見つめていた。葵は茶化してくるかと思ったけど、何を言うでもなく無言で私たちに視線を向けていた。

　私は帰宅すると、三日後のことなのに早くもデート服を選び始める。

　誠をどう楽しませようかと、ネットで遊園地のことも調べた。せっかくなら誠が不眠症のことを忘れられるくらい、一緒になって楽しめればいい。一途にそう願った。

　誠が事故に遭ったと知らされたのは、そのデート当日のことだった。

3

当日の朝、私は目覚めてからデートのことを考えてそわそわしていた。

メイクはいつも適当だけど、気を落ち着けるために丁寧にしてみる。笑菜が勧めてくれたコスメが自分の肌に合い、なんだか調子が良かった。

服装は前もって決めていた。今日は女の子っぽいデート服を着てみたかったので、普段のパンツスタイルとは違う、スカートに合わせた格好に挑戦してみる。

身支度を済ませ、鏡の前で全身のチェックをした。スカート、買っておいてよかったなと、つい笑顔になってしまう。誠は可愛いと言ってくれるだろうか。

時計を見るとまだ時間はあったが、落ち着かないので早めに家を出ることにした。

待ち合わせ場所には約束の十分前に着いた。駅前広場にはたくさんの人がいる。それぞれに誰かを待っていた。私もベンチに腰かけ、その中の一人となる。

まだかまだかと待ちながらも、今の時間が嫌いじゃなかった。この時間の先には必ず誠が現れる。今日のデートプランを思い描きつつ、誠が訪れるのを待った。

「お待たせ」

そうしていると、その場に声が響く。ハッとなって顔を上げた。

反射的に笑顔を作りそうになるも、現れたのは誠ではない。大学生くらいの男性が、待ち合わせていたらしい隣の女性に声をかけていた。

時刻を確認すると、早くも約束した時間の五分前になっていた。

律儀な誠は、そろそろやって来るだろう。あえて誠に気付かないフリをすべく、私はスマホを取り出して画面に視線を落とした。

声がかけられるのを待つ。誠はもう私を見つけただろうか。服装がいつもと違うことに気付いただろうか。私の姿を視界に収め、徐々に近づいて……。

「ごめん、お待たせ！」

反応して顔を上げるが、またしても違った。そこにいたのは見知らぬ男性で、私の左隣にいた女性に笑顔を向けていた。二人は手を繋ぎ、楽しそうに歩き出す。

今にも誠が現れるかもしれないと考え、落ち着かない気持ちで待ち続けた。

しかし、なかなか現れない。時刻を確認すると、いつしか約束の時間になっていた。

思わず周囲を見渡す。どこかに隠れているんじゃないかと思ったが、誠がそんな、人を不安にさせるような悪戯をするはずもない。

メッセージアプリで連絡もなかった。なら単純に少し遅れているだけなんだろう。

《ちょうど今、待ち合わせ場所に着いたよ。ゆっくりで大丈夫だからね》

誠が慌てないようにメッセージを送る。それからしばらく周囲とスマホの画面を交互に見ていたが、誠は姿を見せず、私が送ったメッセージも未読のままだった。

そのまま五分が経過し、十分が過ぎる。これまでにないことに、かすかに不安を覚えるようになった。誠はどうしたんだろう。電話をかけたが着信に応じる気配はない。

まさか不眠症が原因で何かあったのかと考えていると、救急車のサイレンが遠くから響いた。うつむきがちになっていた顔を上げ、その方向に目を向ける。

普段は気にならないサイレンの音が、なぜか耳に大きく響いた。

再びスマホの画面を見つめる。送ったメッセージは、未だに既読になっていない。

不思議な緊張で喉の渇きを覚えてしまった。その状態でさらに十分が過ぎる。

連絡がつかず、いつまで経っても来るはずの人が来ない。

これは、どういうことだろう。単に遅刻なんだろう。そうだ。そのはずだ。

今にもメッセージが既読になり、電話がかかってくるかもしれない。

けれど、いつまで待ってもそうはならなかった。

私は寒気に包まれる。最悪の事態が脳裏を過り、そんなはずはないと必死に現状を見くびろうとした。だってこれは、単なる考えすぎなんだから。気のせいなんだから。

でもあの誠が、意味もなく約束を破ることがあるだろうか。

緊張のあまり体を強張らせていると、広場に向けて走って来る足音の存在に気付く。

視線を移した先で、逼迫した表情で誰かを探しているその人物と目が合った。

「翼っ！」

息を切らして現れたのは葵だった。私に駆け寄って来る。

「……葵、どうして？」

「待ち合わせのことなら、部室で聞いて知ってたし。それより、落ち着いて聞いてほしいんだけど」

それから葵は、呼吸を懸命に落ちつけようとしながらも続けた。

「月島、交通事故に遭ったって。お母さんが勤めてる病院に運ばれてきたって、さっきお母さんから連絡があって」

頭が一瞬で真っ白になる。誠が交通事故に……。

そんな予感なら当たってほしくなかったが、不運の中にも幸いなことはあった。

「でも、ごく軽傷みたいだから心配しないで。バイクと軽く衝突したくらいで、スマホは壊れたけど本人は無事だって」

「え、バイク？　怪我とかはしてないの？」

「そのはずだよ。安心していいから」

安堵の息が自然と洩れる。嬉しいようで怖いようで、頭はまだ真っ白だったけど、葵が再び状況を説明してくれて、少しずつ整理がついていく。

誠は事故に遭ったが、軽傷のようだった。連絡が取れなかったのは、スマホが壊れていたのが原因だった。

「よかった……何かあったんじゃないかって、心配してたから。あ、でも、頭とか打ったりしてないかな？　その時は大丈夫でも、あとで悪くなることがあるって聞くし」

ただ、どうしても不安は残る。パニックにならないよう自分に言い聞かせるが、不安や疑問がとめどなく溢れてきた。

表情にも焦燥が表れていたのかもしれない。葵が心配そうに見ていた。それでも励まそうとしてか微笑むと「よかったらお母さんから、話を聞いてみる？」と尋ねてきた。

「え？　いいの？」

「うん。その方が翼も安心かもしれないし、お母さんには言ってあるから」

迷ったものの、葵のお母さんとはごく親しい関係にあった。心細さもあり、頷いて厚意に甘えてしまう。葵が自分のスマホで電話をかけ、それを渡してくれた。

「あ、翼ちゃん？　大丈夫？　急なことで驚いちゃったわね」

どんな切迫もない声を聞き、それだけで安心した。肩が強張っていたことに気付いた。

「私なら大丈夫です。それよりごめんなさい。お仕事で忙しいのに」

「いいのよ。心配して当たり前だと思うから。それで、月島くんのことだけど――」

葵のお母さんはそういった説明に慣れているのか、誠の状態を簡潔に教えてくれた。

葵が言った通りにごく軽傷で、頭を打った様子もないとのことだった。

私はできるなら病院に駆けつけたかったが、念のために午前と午後で誠の精密検査を行うらしく、お見舞いは難しいと言われる。

それでも何かあるなら伝えておくと言われ、「デートのことは気にしないで」と言伝を頼んだ。昔から私をよく知る葵のお母さんは、どこか感じ入ったようになっていた。

「翼ちゃんに恋人ができたって葵から聞いて、驚いちゃった。……優しそうな子ね」

「誠と話したんですか？」

「ううん。顔を見ただけ。……だから月島くんも、私のことは知らないと思う」

それからも葵のお母さんと少し話す。誠に問題がないことを教えてもらい、私は心から安堵していた。仕事の邪魔をしてもいけないので、感謝の言葉を伝えて電話を切る。

スマホを返すと、葵が驚いた表情で私を見ていた。

「翼、ひょっとして泣いてる？」

そう指摘され、自分の目が潤んでいることに気付く。

「え、あ、本当だ。なんでだろう。安心……してかな。なんか、気が緩んじゃった」

「翼……」

「笑われるかもしれないけどさ。約束を破るような人じゃないから本当に心配で……。それに誠、不眠症のこともあったし、無理させて事故に遭ったんじゃないか不安になっちゃって……。なんか、そういうので頭がゴチャゴチャで」

目元を拭いながら「ごめん、今のは忘れて」と言うと、葵が無言になる。しかし、ふっと笑ってみせるとからかいの言葉を投げてきた。

「恋愛バカ」

「お、映画バカに加えて、新たな称号だね」

「称号っていうか、烙印っていうか」

「まぁあれだよ。人生って怖い。葵も恋愛をすれば分かるよ」

「うわ、人生って怖い。そんなことを翼から言われる日がくるなんて、思わなかった」

「私も思ってなかった」

私たちは深刻な空気を払い、いつものように笑い合う。

「っていうか私、走って来て喉が渇いちゃった。どっかでお茶でもしない？」

葵に誘われ、そのあとに二人でお茶をすることにした。デート服を茶化されながらも、近くの喫茶店で葵と話す。そうしていると徐々に気も落ち着いてきた。

予定があいて時間を持て余してしまったこともあり、午前中から葵と買い物をする。

その最中、葵のお母さんから葵にメッセージがあったようだった。

「午前の検査ではやっぱり、月島に特に問題はなかったって。あと頼まれてた言伝も、お母さんから月島に伝えてくれたみたい」

その日は結局、葵と二人で一日を過ごした。どうせならということで、話題の映画も観に行く。感想を喫茶店で話し合った。

葵はお母さんからの連絡を待っているのか、スマホを終始気にしていた。

夕方になると公衆電話から私のスマホに着信があった。一瞬不審に思うも、スマホが壊れた誠からだと気付く。葵がお母さんを通じて誠に番号を伝えてくれていた。

「もしもし」

「あ、もしもし。その、公衆電話からごめん。誠だけど」

聞き慣れた声を耳にし、体の芯から緊張が抜けていくのを感じた。私は涙もろい人間じゃないと思っていたのに、また泣きそうになってしまう。

「今、午後の検査結果も出たんだけど、問題なくてさ。速水さんのお母さんから色々と聞いてて、それで」

誠は自分の状況を伝えたあと、「今日、デートに行けなくてごめん」と謝ってきた。

「誠が悪いわけじゃないよ。私こそ、無理させてたかもしれなくて、ごめん」

「いや、僕が不注意で交通事故に遭っちゃったのが悪いんだし」

それからも「私が」「いや僕が」と言い合っていたが、堂々巡りになってしまうのでこの話はやめようということになった。そんなやり取りに二人して笑う。

「それより誠、体は本当に大丈夫なの？　怪我とかしてない？」

「あ、うん。全然大丈夫。スクーターとぶつかっただけだし」

「あれ？　バイクってスクーターのことだったんだ」

「え、あ……うん。そうだよ。スクーター。スクーターって聞いてない？」

「ごめん。バイクと事故って聞いて、勝手にもっと大きいやつかと思ってた」

事故の際に壊れたというスマホのことも尋ねたが、幸いにして損壊は激しくなく、ディスプレイを交換すれば、明日には使えるようになるという話だった。

そして明日は学校を休む予定だけど、明後日には行けそうだとも言っていた。

次のデートの約束はしなかった。誠の心理的な負担になってもいけないからだ。

4

翌々日の火曜日、ホームルーム前に誠の教室を訪れる。目的の人はそこにいた。

スマホが直っていたので朝もメッセージをしていたが、誠がちゃんと存在していることに大袈裟だけど安心してしまう。

私に気付いた誠が廊下に出てくる。見える範囲では怪我はなさそうだった。

「誠、よかった。本当になんともなさそうだね」

「あ、うん。この通り大丈夫だよ」

「それで、どう？　スクーターと格闘した感想は？」

「えっと……大変、強かったです」

なんでもない会話で自然に微笑み合う。何気ないこのひと時が心から愛おしかった。

「あの、それで……日曜日は約束破って、本当にごめん」

「それはもう大丈夫だから」

誠は律儀に謝罪し、気にする必要はないと私は笑顔を見せる。

本音を言えば、予定通りにデートができたら嬉しかった。しかし誠の気分転換になればと考えて誘ったことでもあった。すぐじゃなくとも、いつかまた機会はあるはずだ。

そう考えていたのに、思いがけないことが起きる。

人に聞かれたくないのか、誠が周囲を窺(うかが)ったあとに尋ねてきた。

「それで、もしよかったらなんだけど……お詫(わ)びも兼ねて、今日とかどう？」

「え？　今日って？」

「今日、よかったら遊園地に行かない？　平日ならすいてるかもしれないし」

あまりにも意外な言葉で、何を提案されているのかすぐには分からなかった。

「それって、つまり……。え、学校をサボって、遊びに行こうってこと？」

「あ、いきなりなうえに、サボるとか無理だよね。変なこと言ってごめ――」

「行きたい！」

誠の言葉を遮り、私は前のめりになって言う。真面目な誠がそんなことを言い出すとは思わずに驚いたが、私としては大歓迎だった。

誠から口にしたことなのに、いつしか立場が逆になる。積極的に私から誘い始めた。

「いいじゃん、行こう。まだ早いし、今から準備すればお昼前には着くと思うからさ」

「じゃあ……行っちゃう？」

「行っちゃう、行っちゃう」

遊園地に行く算段をその場で誠と立てる。さすがに平日に制服はマズいため、自宅で私服に着替えてから電車で向かうことになった。

あとで昇降口で落ち合うことにして、それぞれ帰宅の準備を始める。教室に戻ると葵がいたので「ごめん、今日学校休むことにした」と正直に伝えた。

「は？　いや、学校来てるのに、なんで？」

「誠と今から学校サボって、遊園地に行くことにしたから」

「今からって……。え、本気で？」

「本気本気」

葵は困惑していた。葵も真面目だから反対されるかと思ったが、「それ、私も付いて行く」と言い、自分も帰り支度を始める。

「葵も？」

「私も二人に乗っかろうと思って。最近、遊園地にも行ってなかったし。それとも二人きりの方がよかった？」

「ん〜〜。いや、葵なら全然いいよ。三人の方がもっと楽しいかも」

「じゃあ、さっさと支度して行こ。欠席の理由は、私が適当に担任に言っておくから」

誠とは昇降口で集合予定であることを伝え、職員室に行くという葵と別れる。

しばらくして、ホームルーム開始前の予鈴が鳴った。

皆が教室へと急ぐ中、私は鞄を持って昇降口へと向かう。静まり返った廊下の空気感が楽しくて、ついスマホを取り出して撮影を開始してしまう。

「お待たせ美波さん。って、撮ってるの？」

昇降口で待っていると鞄を持った誠が現れた。

「うん、なんだか面白くて。あ、それで遊園地なんだけど、葵も一緒に行っていいかな？ 誠に確認する前に、来ていいって言っちゃったんだけど」

「速水さんも？」

話していると、誰かが廊下を走ってくる足音が聞こえてきた。葵だった。

私たちに合流すると、なんでもないように言ってのける。

「私と翼が休む手続きしてきたから。これで問題ないよ」

「さすが葵。……っていうか、そんなに簡単にいくの？」

「ま、色々とね」

私にそう答えたあと、葵が誠に向き直る。

「で、翼から聞いたかもしれないけど、私も遊園地に付いて行くから」

「あ、うん。構わないけどよかったの？」

「今後の作品作りのためにも、遊園地の映像資料とか欲しかったし。資料撮りも兼ねて月島たちを撮影してあげる。ちなみに私の遊園地代と昼食代は月島持ちだから」

「え、僕？」

「日曜日、結構大変だったんだから。迷惑料でそれくらい、奢ってくれてもいいと思うけど？　あれ？　私、間違ったこと言ってる？」

「いえ、仰(おっしゃ)る通りです」

誠が簡単に屈服している光景がおかしくて「誠、よわ」と思わず笑うと、誠も照れたように微笑んだ。葵も呆れながら「本当だよ」と笑顔を見せる。

それからは各自で自宅に戻って私服に着替え、日曜日と同じく駅前広場に集合した。

三人でわいわいと会話をしつつも電車に揺られ、遊園地の最寄り駅にたどり着く。

向かった先の遊園地は、予想以上にすいていた。入場した先の広場でも人がほとんど見当たらない。閑散としている。驚いていると、意地悪な表情で葵が言った。

「まぁ、十一月も目前で寒いし、平日だし、ノリで学校をサボった人くらいしか来ないんじゃない？　ねぇ月島？」

「……ノリに付き合わせて、すみません」

「でも逆に言えば、貸し切りに近いってことだよね」

アトラクションの待ち時間もなく、気兼ねなく撮影できるとあって、私たちは平日の遊園地を堪能(たんのう)することにした。

「よーし、全部のアトラクションを制覇しよう。行くよ、誠」

「え、さすがに全部は無理なんじゃ」

「月島、部長の命令に逆らわないの」

私は誠を引っ張って園内を進み、葵が微笑みながらその姿を撮影する。誠が不眠症のことを忘れられるくらい、一緒になって笑いたいと私は願った。

まずはメリーゴーラウンドに誠と乗り込む。馬に跨(またが)って回る私たちを葵が撮影し、「おか〜さ〜ん」と言って私が葵に手を振ると、苦笑を浮かべて振り返してくれた。

誠にも同じことを頼むと、次の周でおずおずと「お、おか〜さ〜ん」と手を振る。

ニコッと微笑んだ葵から「あとでしばく」と言われて誠が慌て、私はふき出した。

仕返しだと言って葵が次に誠をコーヒーカップに同乗させた。私が撮影に回る。

音楽が始まると、幾多の無人のコーヒーカップがゆったりと回転を始めた。そんな中、葵たちが乗ったコーヒーカップだけが激しく回転し、誠が焦った声を上げる。

撮った映像を三人で確認すると、ものすごくシュールな光景が映し出されていた。

こらえきれずに葵が笑い、私と誠もつられるように笑ってしまう。

私たちは学校をサボり、そうやって平日の遊園地を満喫し始めた。

昼食を挟んだあとも三人で園内を回る。全てのアトラクションを制覇する気持ちで臨んだが、五十近くもあって簡単にはいかない。それでも三人でアトラクションを楽しみ、それぞれのスマホで光景を撮影した。そこには満ち足りた、力強い喜びがあった。

その一日もあっという間に終わってしまう。冬が近づき、徐々に日が落ちる時間が早くなっていた。空が黄昏色に染まる中、最後に三人で観覧車に乗る。

「男一人に女二人の状況だと、客観的にどう見られるのかな？」

ゴンドラに乗り込んでから私がそう言うと、葵がすごく嫌そうな顔をした。

「客観的に見たら、仲の良い三人に見えるんじゃないですかねー。男がどっちかの女と付き合ってるか、二人と友達として仲が良いか」

「葵、三人が仲良しなことは事実なんだから、そんな変な顔しない」

「はぁ？　私が月島と？」

長い付き合いだからこそ分かる。葵は別に誠を嫌っているわけではなかった。それは時に葵から辛辣な言葉をかけられる誠にとっても同じで、二人は本当は仲が良い。

乗っていたゴンドラがやがて地上に着き、広場に出て私は伸びをする。

とても充実した一日だった。日曜日に誠としたかったことが、ほとんど叶った。

だけど一つだけ、できていないこともある。

そんなことを思っていると「お手洗いに行ってくる」と葵が言ってその場を離れた。

観覧車前の広場で誠と二人きりになり、葵が戻るまでベンチに座ることにした。

隣に座る誠の手を見つめる。勇気を出してそっと掴むと、誠が驚いて私を見てきた。

たったこれだけのことなのに、私は強く心臓を鼓動させてしまう。

「いや、ほら。最近、誠と手を繋げてなかったし」

「あ……そ、そうだね」

誠も恥ずかしいのか、かすかに頬を赤らめてうつむく。繋いだ手には確かな温もりがあった。いつかの部室で触れた時とは違う。ちゃんとした温かな手だった。

無言でいると際限なく緊張してしまいそうで、私は会話を試みる。

「えっと、その……。今日、すごく楽しかったね」

「あ、うん。僕も楽しかった」

「誘ってくれて、ありがとう。誠が学校をサボろうと言い出すなんて、考えてもなかったから驚いたよ。でも……嬉しかった」

「それならよかった」

言葉を交わしながらも、手はずっと繋いでいた。

不眠症のことは気がかりだったけど、誠も今日は楽しんでくれた気がする。叶うならこれからも誠とデートがしたいと思った。同じ景色や体験を共有して笑い合いたい。ほんの半年前まで、私にとって恋愛は遠くにある不可解なものだった。その反面、どこかで焦がれ、知りたいと願っていたものでもあった。それが……。

「私、これからも誠と一緒に色んな所に行きたい。一緒に映画を作り続けたい」

繋いだ手に軽く力を込め、いつしか私は自分の願いを口にしていた。

誠の負担にならないか心配しかけるも、きっと大丈夫だと自分を安心させる。誠も頷いてくれるはずだ。恥ずかしがりながらも、自分もそうしたいと言ってくれるはずだ。

なのに……。どうしてだろう。手を繋いでいるからこそ分かった。誠はなぜか肩を強張らせていた。返事を待っていると、しばらくして誠が口を開く。

「ごめん。実は僕……冬には海外に転校することになったんだ」

どんな心構えもなく聞かされた単語の連なりに、私はその意味を一瞬見失う。

「え、転校？」

内容をどうにか理解して呟くと、誠が悲しい表情を見せる。

「うん。両親の都合で。だから……」

誠は躊躇っていた。それでも迷いを断ち切ったのか、私に向けてはっきりと言う。

「一緒に映画を作ることは、できなくなる」

5

誠が海外の学校に転校してしまう。一緒に映画を作れなくなる。

驚きはしたが、冷静に言葉を返せたと思う。

「そう、なんだ。転校……」

「ごめん。すぐに言い出せなくて。夏休み中には決まってたことなんだけど、皆と一緒に映画を作れるのが楽しくて、なかなか伝えられなかったんだ」

私は迷子になった幼い子どもみたいに、不安で情けない顔をしていたと思う。

誠の言葉に応じようとして懸命に口を開くも、何も言えずに口を閉じる。

嫌だと、言いたかった。転校なんかしないでほしい。一緒にいたい。でも誠のことを考えると簡単には言えない。不眠症の原因も、そこにあったのかもしれず……。

「誠。私、私……」

どうすべきかと考え、思いだけでも知ってもらおうと再び口を開いた時のことだ。

「一緒に映画を作れないと言っても、一年と少しのことでしょ？」

驚いて声の主に視線を移す。葵が広場に戻って来ていた。

私たちの話を聞いていたらしく、続けざまに誠に尋ねる。

「高校生だから、今は日本に一人で留まれないかもしれないけどさ。大学生になったら違うでしょ。それとも大学も海外のつもりなの？」

気圧されているわけじゃないだろうけど、誠は葵の言葉にどこか困惑していた。

「えっと……。それは、分からないけど」

「じゃあ両親を説得して、大学は私たちと同じ大学か、同じ県内の大学にしなよ。たとえ大学は違っても、そうすればまた一緒に映画は作れる。そうでしょ？」

葵の確認は、誠だけでなく私にも向けられていた。かすかに戸惑いながらも考える。

確かに、海外の大学ならどうしようもないけど……。日本で近隣の大学なら、特に大きな問題もなく映画は一緒に作れる。とは、思うが……。

「というわけで、はい解決。だから翼、そんな悲しそうな顔しないの。海外に転校するからって、月島と別れるわけでもないんだし。遠距離恋愛にはなるだろうけど」

そこで私はようやく、葵に気遣われていたことを察した。

「……私、そんなに悲しそうな顔してた？」

「してた。小学生の頃に給食のデザートではしゃいで、そのデザートがトレーから落ちて、自分で踏んづけちゃった時くらいに」

幼馴染の葵に言われて思い出す。確かにそういう漫画みたいな出来事があった。

思い返していると「えっと、僕って給食のデザート程度のことなのかな」と誠がおずおずと口にする。

「給食のデザート程度っていうか、デザート以下。いや、デザート未満」

「えぇ」

「大事なことを黙ってたやつが、生意気を言わない。ったく、言うならもっと早く言ってよ。私が部活で月島に教えたこと、全部無駄にするつもりだったの？」

「ごめん……」

「私が欲しいのは謝罪じゃなくて補償だから。無駄にしないためにも、大学は絶対に日本の大学にしなよ。分かった？　同じ県ね。いい？」

剣幕に押されてか「う、うん。分かったよ」と誠が応じる。多分、葵は全て計算してのことだろう。葵だって驚いただろうに深刻になりがちなこの場を明るくしてくれた。

葵に押されていた誠と目が合う。眉を下げながらも誠が笑った。

まだ私の中で完全に整理はついていなかった。でも葵が言うように、大学生になるまでのことかもしれない。だったら、寂しくはあるが一年と少しのことではあった。

「っていうか翼。笑菜と一花にお土産も買わなくちゃいけないし、そろそろ行こうか」

考えていると葵に促される。部活を急遽休みにすることは笑菜と一花に伝え、代わりにお土産を買う約束をしていた。約束を果たすべく三人でお土産屋さんに足を向ける。

「これも月島の奢りだからね」

向かっている最中、葵が誠にそんなことを言う。「え？」と誠は困惑していた。

「月島、転校のことは笑菜や一花にも言ってないでしょ。いったい、誰がフォローしなくちゃいけないか分かる？　ん？　ん？」

「お土産、ぜひ奢らせてください」

二人はこの場をコミカルにしようと努めていた。朝にも誠が葵に屈服していた光景を思い出し、「誠、よわ」と私が言ってみせると、二人は笑顔を見せる。

それからは私も、いつもと同じ空気感を作った。誠を葵とからかいながらお土産を購入し、それが終わると最寄り駅に向かう。幸いなことに車内では座ることができた。

疲れたのか葵は眠っていた。あるいは眠っているフリかもしれない。

私と誠は起きていた。手を繋ぐと、誠が私に視線を転じる。

「誠、大学……絶対だからね」

誠は私をじっと見つめていた。優しい誠が「うん」と応じた。

翌日の放課後、誠は部室でお土産を渡したあと、笑菜と一花に転校のことを話した。

初耳となる二人は驚いていた。

「えぇ！　誠さん、海外ってどこですか？」

「シンガポールの予定」

「そうなんだー。誠くんも含めてせっかく五人になったのにねー」

「うん……。でも大学は、日本の大学にして戻ってくる予定だから。そうしたらまた、一緒に映画を作らせてよ」

二人は残念そうにしていたが、親の都合なら仕方ないと納得している様子だった。

そして昨日とは異なり誠の意思も固まったのか、大学生になったら戻ってくると伝えていた。それを聞いて二人は安心していた。それなら一年とちょっとのことだと。

ただ、転校の準備を進める必要もあって、誠は学校を休みがちになると話した。

その言葉通り、翌日は午後から早退することになったようで部活に参加しなかった。

誠はクラスメイトにも転校のことを打ち明けたらしい。担任から正式な話が誠のクラスでされたということだった。

未だに現実感がなかったけど、冬には本当に誠がいなくなってしまう。大学生になって日本に戻ってくるまで、簡単には会えなくなる。

誠が午後から早退したその日、私は五時間目の休み時間に屋上に足を運んだ。自分にはもう必要ないものだからと、誠から以前に屋上の鍵を渡されていた。それを使った。

無人の屋上では冷たい風が吹いていた。フェンスの近くに立って空を眺める。

「わざわざ鍵まで使って、こんなところで何してんの？」

少しだけ驚いたが、声に反応して振り返ると葵がいた。こちらに向けて歩いてくる。

「いや、別に。なんとなく空を見たくなって」

返答をしている間に葵は隣まで来ていた。一拍の間を置き、尋ねてくる。

「ひょっとして、月島のこと？」

「……分かった？」

葵が苦笑する。

「そりゃ分かるよ。いったい、翼と何年一緒だと思ってるの」

「小学校の六年と中学の三年。高校の一年半。十年半くらい？」

「保育園の頃が抜けてる。少なく見積もっても、それにプラス三年」

思わず「なっが」と私が口にすると、葵は微笑みながらも淡々と言った。

「翼と月島って、出会って一年半くらいだっけ」

「うん。そう。部活仲間としては半年くらいだね」

「で、その月島のことで、どうしたの？」

私は再び空に視線を転じる。自分の心を点検した。

「なんか……寂しくなるなって」

素直に出てきたのがそんな言葉だった。葵が大きく息を吐く。

「別に一生会えないわけでもないのにさ……。大げさだよ」

「そうかな」

「ま、一年は離れ離れになるから寂しい気持ちは分かるけど。翼らしくないって」

「私って、どんな人間？」

「映画バカ」

葵からはっきりそう言われても、嫌な気持ちにはならない。逆にその映画バカに付き合ってくれて有難いとすら思う。見えないところでもきっと、葵に苦労をかけている。

「でも月島とのことで、色んな感情が学べてよかったんじゃない？　今後の映画作りにも生きてくると思うしさ」

「……うん、そだね」

「それにさっきも言ったけど、転校したからって一生会えないわけじゃないしさ。たった一年と少しのことじゃん。映画作ったり受験してたら、あっという間のことだよ」

葵はぶっきらぼうだが、昔から優しい。多分、というか間違いなく私を励まそうとしてくれていた。そのことに気付くと、隣の幼馴染がいつも以上に愛しくなる。

「ありがとね、葵。いつも隣にいてくれて」

感謝の言葉を伝えると、唐突だったのか葵が軽く驚いていた。

「翼、なんか変なものでも食べた？」

「あ～、うん。恋愛と友情」

「どっちもクドくて、胸焼けしそう」

私は笑ってしまい、葵もつられるように口元を緩める。それで葵は安心したのか、「先に教室戻ってるから、遅れずに来なよ」と言ってその場を去る。

葵の存在に感謝しながら、私は無言で後ろ姿を見送った。

6

翌週から誠は本格的に海外への転校の準備を始めたらしく、学校に来る日が減った。

それに伴って部活に参加する回数も減る。

暦は十一月を迎えていた。誠と直接会える時間が減った分、メッセージのやり取りが多くなる。遠距離恋愛という言葉が、私の中で現実的になっていった。

昔の私が知ったら驚くだろうが、遠距離恋愛についてネットで調べ、記事を読み、少しずつ自分の認識をそこに合わせていく。

思った以上に多くの人が経験していることで、三年以上も遠距離恋愛を続けている人が一定割合いた。それに比べれば、私たちは一年と数ヶ月のことだ。葵が言ったように映画作りや受験に追われていれば、きっと時間はすぐに過ぎるだろう。

誠は学校に来られない日でも、メッセージを送れば律儀に返信してくれた。

休憩時間中、学校を休んでいる誠にメッセージをしていると葵が声をかけてくる。

「なに？　月島と？」

「うん。遠距離恋愛の準備。誠ってマメだから、いつもちゃんと返信してくれるんだ」

「月島らしいね。でも来月には期末テストもあるんだし、程々にしておきなよ」

「は～い」

休憩時間が終わり、三時間目の授業が始まる。葵には程々にするよう言われたが、授業中もつい誠と連絡を取り合ってしまう。

返信がくるまで黒板を見ていると、私の席が後方だからこそ分かることがあった。前方の席に座る葵のことだ。私には程々にするよう言っていたのに、隠れてスマホに触れていた。一度だけじゃなく、注目すると授業中に何度かそういうことがあった。

珍しいことだけど、誰かと熱心にメッセージをしている様子だった。

午前中の授業を終えるとお昼休みになり、お弁当を持って葵と一緒に部室に向かう。笑菜と一花も加え、いつものように四人で食事をとった。昼の集まりは女子だけにしてほしいという葵の希望で、ここに誠が加わったことはない。

「そういえば今日、笑菜ちゃんが別のクラスの男の子に連絡先を聞かれてたんだよ」

食事の最中、一花がどこか興奮したように言う。それに葵がクールに返していた。

「また？　笑菜は本当、モテるよね」

「どうですかねー。翼ちゃんほどじゃないと思いますけど」

「え、私？　いや、私は変人枠だし、特にモテないよ」

「う、女子トークに参加できません」

一花の発言に笑いながらも、授業中の姿もあって葵のことがふと気になった。

「それを言うなら、私なんかより葵の方がモテるよね」

話を振ると「はぁ、私？」と葵が驚く。

「あー。葵先輩も気になってる人多いと思いますよー。年下は特に」

「それこそないって。翼が変人枠なら、私は怖い人枠だし」

「う、女子トークに参加できません」

「一花ちゃん、立派に参加できてるってばー」

そんな会話を交えつつ賑やかにお昼の時間を過ごす。やがて昼食を終えた葵が「私、授業の準備があるから先に行く。翼、サボらないようにね」と私に釘を刺して、教室に戻った。三人になった部室で、私は笑菜と一花に思わず尋ねる。

「あのさ、今日、授業中に葵とメッセージしてた？」

「え？　私はしてないけどー」

「私もしてないよ。葵ちゃんがどうかしたの？」

「確証はないんだけど、葵が珍しく誰かとマメにメッセージしてるっぽくてさ」

家族の可能性も考えたが、少し違う気がする。私が話すと二人は前のめりになった。

「え、葵ちゃんが？　男の人かな？」

「そういえば確かに、最近ちょくちょく撮影中もスマホを触ってたよねー」

「それね。葵にしては珍しいなって思ってたんだけど」

私も撮影の合間に誠とメッセージをしていたので人のことは言えないが、普段なら葵が嫌がる行為でもあった。

自然と話題は、葵が誰とやり取りをしているかに移る。同じクラスだけど私に心当たりはなく、二人にとっても同じようだった。

それが話の途中、笑菜が何かに思い至ったように「あっ」と声を上げた。

「なに、どうした？」

「あーやー。良くないことだけど、葵先輩のメッセージの相手、この間の没カットに映ってるかも。誠くんがいない日に、グラウンドで撮影してた時のやつ」

その発言は予想していなくて、「没カットに？」と私は驚きながら確認した。

「うん。翼ちゃんが映像確認してる間、風景用の画を私も撮影してたんだー。そうしたらスマホを触ってる葵先輩が、画面ごと映っちゃって。結局、私の風景はあまりいい画じゃなかったんだけど、一応パソコンに保存はしておいたから」

その動画を確認するのはさすがに躊躇われた。しかし、気付くと一花が「どれどれ？」と言って、撮影データが保存してあるパソコンを触り始める。

「ちょっと一花。いくら幼馴染だからって」

「一花ちゃん。本当に恋愛の話好きだよねー」

「葵ちゃんは昔から奥手だから、私たちが協力してあげないとダメなんですよ」

「一花ー。小学生の時みたいに、葵に泣かされるよ」

「相手の名前だけ、名前だけだから」

仕方がないので物理的にとめようと立ち上がると、「あれ？」とモニターに目を凝らしていた一花が声を上げる。

「どうしたの一花？　まさか、もう見つけたの？」

「いや、それなんだけど……。普通に、相手は翼ちゃんだったよ。ほら」

「え〜？」

心の中で葵に謝りながら、一花が見つけたという動画を確認する。ソフトの機能まで使って拡大していて、葵が持つスマホの画面がはっきりと見えた。メッセージアプリのやり取り相手は「美波翼」と上部に表示されている。つまりは私だった。

「本当だ。私じゃん」

「あー、やっぱり二人はそういう感じでー」

一花ががっかりし、笑菜は意味深な発言をする。ただ、その画面を確認した私は怪訝な思いに包まれた。表示されているメッセージの内容に、見覚えがあったからだ。

一瞬、認識が混乱する。一花に聞いて確かめようとしたが、当事者でなければ分かりにくいことだった。一花は残念そうにパソコンの席を離れ、私はモニターと向き合う。

気を落ち着かせ、再び確認した。葵のスマホには、私とのやり取りが映っていた。

私相手だから、それは当たり前といえた。でも……不可解だった。なぜだろう。

そこに映っていたのは葵と私のやり取りではなく、誠と私のやり取りだった。

7

昼休憩が終わる。笑菜や一花には伝えず、私は先程のことを自分で整理してみた。

葵のスマホには、誠と私のやり取りが映っていた。

誠の側から見たメッセージアプリの画面が、なぜか映っていた。

可能性としてはいくつかある。一つは誠がアプリの画面をキャプチャして送り、葵がそれを見ていたというものだ。けれどその場合、どうしてそんなことをと疑問が残る。

それ以外にもう一つ、可能性があった。

メッセージアプリのアカウントは、ＩＤとパスワードを知っていて、アプリさえダウンロードしてあれば、当人じゃなくてもそのアカウントを使用することができる。

悪い使い方だと乗っ取りが、ほかの使い方でも、聞いたことはないが監視や代理ができる。しかし、その場合でも誠が通知で気付くはずだ。誠の許可無しではできない。

翌日、誠は部活に来た。聞いてみようかと考えたが、なぜか怖くて聞けなかった。

誠を信頼していないわけじゃないし、葵を疑っているわけでもない。

でも思えば時々、二人はこっそり会話をしていた。アイコンタクトをして、何かを共有しているような場面もあった。誠と葵はまさか……付き合っているのだろうか。

いや、そんなわけがない。二人が私に隠れて、そんなことをするはずがない。

そこだけは絶対に見誤らない。だけど、それならどうして……。

翌週の月曜日、誠は転校の用事ということで再び学校を休んだ。

私は授業中、ある実験をすべく誠にメッセージを送る。葵を後ろの席から見ていると、葵がスマホを操作する。葵が前を向くとほぼ同時に、誠から返信がきた。それからも私が誠にメッセージを送った数秒後にスマホに触れていた。

授業中、何度か同じことをして確認した。間違いなかった。本当にどうしてなのか。

なぜか葵が、誠に成り代わって私に返信していた。文章もまったく、違和感なく。

その日は朝から雨が降っていた。放課後に部室に集まったあと、今日の部活は休みにすることを皆に伝える。笑菜と一花が帰ってから、私は葵に尋ねてみるつもりだった。

どうして葵が、誠のアカウントを使っているのかと。

ただ、葵が素直に答えてくれる確証はなかった。どうすべきか迷っていると、笑菜と一花が皆でお茶をしないかと誘ってきた。隣町の駅前にお勧めのカフェがあるらしい。

私が答えるよりも先に「ごめん。部活が休みなら、今日はちょっと図書館に行きたくて」と言って葵が断る。

私は笑菜たちの誘いに応じることにした。学校を出て、最寄り駅まで傘を差して四人で歩く。駅に着くと、図書館にはバスで行くという葵と別れた。

私は駅の改札に向かう途中、「ごめん。職員室に呼び出されてたの思い出した」と言って笑菜と一花に謝る。お茶は二人で行ってもらうことにして、バス乗り場へと急ぐ。

葵はバスが来るのを待っていた。

私の中にはある疑問があった。葵は本当に図書館に行こうとしているのだろうか。本当は何か理由があって、誠に会いに行こうとしているのではないか。

迷った末、列の最後尾に並ぶ。バスが到着して葵が乗り込んだ。

緊張しながら私もバスに乗る。葵は前方の席に腰かけて窓の外を見ていた。

私には……気付かなかった。

やがてバスが発進するも、後方の席の私に葵が気付く様子はない。

一つめの停留所を過ぎる。二つめ、三つめ。図書館がある四つめの停留所に着く。

葵が立ち上がる気配はない。しかし六つめの停留所で腰を上げると、何人かの乗客と一緒にバスを降りた。私もそれに続く。

降りたのは病院前の停留所だった。それも葵のお母さんが勤めている病院だ。

疑問に思う点は多々あったが、ここまで来たら引き下がれない。距離を空けて葵のあとを追う。雨音が気配を消すのか、葵は私に気付かない。

葵は慣れたように病院に入り、院内を一人で進んでいく。

小学生のいつかの夏休み、葵の付き添いでこの病院に来たことがあった。看護師さんたちが休憩する部屋があり、そこまで一緒に葵のお母さんに届け物をしたのだ。

葵はその方向に進まなかった。受付を済ませ、どこか別の場所へと向かう。

病院の人にとめられるかもしれないと思いながらも、葵のあとに続いた。幸いなことに声をかけられることはなかったが、葵はエレベーターに乗ってしまった。

諦めかけるも、エレベーターは三階でとまった。急いで近くの階段を上る。三階に着いて通路に顔を出すと、葵が角の部屋に入っていくところだった。

案内を確認すると病棟で、どうやら葵は誰かのお見舞いに来ている様子だった。

でも、誰のお見舞いに来ているのだろう。葵からそんな話を聞いたことはない。

気を落ち着けて葵が入室した病室に赴く。部屋の前に着くと、外に掲げられている札で中にいる患者さんの名字が確認できた。そこは個室で、一人しかいないようだった。

月島。

意味がよく、分からなかった。そこには親しい人の名字が書かれていた。

月島とは誠の名字で……。いや、でも、そんなはずはない。そもそも誠は転校の用事で学校を休んでいる。病気で休んでいるのではない。そのはずだ。

不意に、いつかの日、誠が部室で寝ていた時のことを思い出した。不眠症の薬の副作用だと説明された、触れた手の冷たさを……。

《誠、今どこにいるの？》

不安になり、スマホを取り出してメッセージを送る。すぐに既読がついた。

《今は家だけど、どうして？》

なんでもないように誠のアカウントからメッセージが返ってきた。

これは、誰が返信しているんだろう。誠なのか、それとも葵なのか。目の前の画面に映ることを全て信じるなら、誠は家にいる。断じてこの扉の向こうにいるのではない。

だから……扉の向こうにいるのは、たまたま名字が一緒の人なんだろう。

そうだ。そうに決まっている。葵が誠に代わって返信をしているかもしれないとか、そういうことは全部、気のせいで、間違いで……。

意を決し、私は思い切って扉を開く。

すると中にいた葵が、こちらに振り向く。私を見て驚いていた。

葵の手にはスマホがあった。先程の私と誠のやり取りが表示されていた。

そしてベッドには誠がいた。瞼を閉じ、入院着で眠る誠が……。

転校の用事で学校を休んでいたはずの誠が、なぜか病院の個室にいた。

Scene4.

僕の余命を君は知らない

1

最初に病気の症状が出て意識を失ったのは、夏休み中である七月末のことだった。

その数日前には美波さんと動物園にデートに行っていた。

それまで僕は、特に異常もなく普通に生きることができていた。約束を怖がることもない。行きたい場所に自由に行けた。行動に制約はなかった。

しかし症状が出始めてから、色んなことが変わった。

症状が初めて出たその日、聞いていた通りの予兆があった。目覚めた時の体温が低かったのだ。それまで毎日検温をしていたけど、そんなことは初めてだった。

躊躇いつつも食卓に向かい、低体温だったことを両親に伝える。

一瞬、部屋が静かになった。

「そうか。ちなみに誠、今日の昼は素麵(そうめん)か蕎麦(そば)、どっちがいい?」

台所で朝食を作っていた父親が、いつもと変わらない調子で尋ねてくる。母親も動揺することなく「私もお昼は、麵類でも食べようかしら」と新聞を見ながら言った。

二人は騒ぐことも慌てることもなく、ごく普通に接してくれた。正直、それはとても有難かった。自分のペースでいられるからだ。

ナルコレプシーと呼ばれる病気がある。前兆もなく突発的に眠ってしまう病だ。

僕の病気はそれに似ていた。同じように突発的に意識を失う。それに加えて病気の進行に伴い、意識を失う頻度と時間が徐々に増えていくという話だった。

中期から末期になる過程では数週間にわたって意識を失い、それ以降は目覚めている時間よりも、意識を失っている時間の方が多くなると教えられていた。

ただ、末期でなければ症状が毎日出るわけじゃない。厳密な言い方ではないが、症状が出ること自体が分かる予兆と、意識を失う直前に表れる前兆もあると聞いていた。

両親に低体温であることを伝えたあと、びくびくしながら洗面所で歯を磨く。トイレにいる時も、もし今意識を失ったら情けないよな、と考えると気が気じゃなかった。

なんとか食卓に着くことはできたが、食事中に意識を失いそうになったら、口の中の物を吐き出すよう担当の先生から指示されていた。喉を詰まらせないためだ。

途端に食欲がなくなる。せっかく父親がいつも、美味しくて健康的な食事を用意してくれているというのに……。

結局、朝食は味噌汁だけ飲んだ。しばらくして、仕事に向かう母親を父親と見送る。

母親は僕に一度振り返ったが「いってきます」と微笑んだだけで、深刻なことは口にしなかった。だけどそれは僕を気遣っているからで、本当はとても辛いんだろう。

予兆が表れた際には研究に協力することになっていた。病院に行く準備をする。

父親が病院に連絡し、僕も家の用事で部活を休むことを美波さんに連絡した。

それぞれ準備を終えると、二人で車に乗り込む。意識を失った際に頭をぶつけないよう、助手席のシートを倒して寝転んだ。静かに車が発進する。

命の危機に瀕している人が使えるよう、救急車は極力利用せず、父親が運転して病院に行くと決めていた。予兆があった日にどう動くかということも、僕の頭の中にちゃんとある。それでも不安で心臓がドクドクと鳴っていた。

やがて車が病院に到着する。父親が受付をしている間に、看護師さんが用意してくれた車椅子に乗った。転倒防止のためだ。看護師さんに押してもらい、父親とともに病室へと向かう。病人であることを自覚させられ、車椅子は少し精神的にきつかった。

向かった先は個室で生体情報モニターが置かれていた。体が強張ってしまうが、意識を失う前後でデータを取得する必要があるらしく、着替えて機器を取り付けてもらう。

なんだか無性に美波さんに会いたくなった。あの部室に帰りたくなった。

ベッドに腰を落ち着けていると担当の先生がやって来る。父親を交えて話し、採血を行う。それからは家族二人だけにしてくれた。

父親が仕事用のノートパソコンを持って来ているのは知っていた。僕に遠慮せず、仕事をしてと頼むと「分かった」と父親が頷く。

「よかったら一緒に何かゲームでもするか？　トランプならあるけど」

病室の机で仕事を始めたかと思ったら、父親が振り返ってそんなことを言ってきた。

その手には本当にトランプがあった。わざわざ持参していたことに可笑しくなり、笑って首を横に振る。「そうか」と父親が苦笑し、視線をパソコンの画面に戻した。

僕はベッドで横になり、天井を見つめた。ほかに何かできるような余裕はなかった。

いつ意識が奪われるのだろうと考えながら、時間に耐える。

そのまま一時間が過ぎ、二時間が過ぎる。時間が重く、進みが遅い。

しかし、僕に異変はなかった。さらに時間が過ぎ、お昼の時間となる。

空腹を自覚していたが、それでも食事は怖くて、何かを食べる気にはなれない。

気付くと父親が、持参したリュックを開いていた。なんだろうと体を起こすと、保冷バッグを渡してくれる。中には丸いお弁当箱と保冷剤、小ぶりの保温瓶があった。

お弁当箱を開き、驚いてしまう。僕が好きな錦糸玉子のほか、ハムときゅうりの細切り、そして丸めた素麺が綺麗に収められていた。

言葉を失っていると、父親が僕に微笑みかける。

「保温瓶には自家製の麺つゆも入ってる。麺類ならきっと食べやすいだろ？」

……少しだけ、涙ぐみそうになってしまった。

朝に質問された時、気持ちに余裕もなくて、意図も分からなくて僕は答えが返せなかった。それなのに父親は僕のことを考え、呑み込みやすいものを用意してくれた。

携帯用の箸を手に取り、麺つゆを付けた素麺を口に運ぶ。数回の咀嚼でするすると喉を滑った。食事を取るのが怖くなかった。

「美味しいよ、父さん」

感想を言葉にすると、父親がニッと笑う。

「そりゃよかった」

父親も持参した同じお弁当を食べ、それぞれの昼食が無事に終わる。

僕はまだ、なんともなかった。そのまま一時間が過ぎる。

ひょっとして、気のせいなんじゃないか。僕は突然、そんなことを考え始めるようになった。病気の予兆があったことも。僕の病気そのものでさえも。

もしそうだったら、これからはなんの憂いもない。

美波さんと恋人でいられる。映画だって一緒に作り続けることができる。美波さんと未来の話をして、進路のことで悩んだり、受験勉強を頑張ったり……。

そういうことが、できるかもしれない。それはなんて希望だろう。

僕は自分の考えに打ち震えた。ありふれた、なんでもない日常を夢想した。

けれど、僕はどうしようもなく病気だった。気のせいでは、なかったんだ。

突如として意識が朦朧となった。視界が揺れたようになり、ピントが合わない。目にゴミでも入ったのかと無理に自分を騙そうとしていると、猛烈な寒気を覚えた。

寒気を覚えているはずなのに新陳代謝がおかしい。僕は汗をかいていた。あぁ、と思った。情け容赦なく、あぁと。

聞かされていた、意識が失われる前兆だった。

「父さん……ごめん」

なんとかそう声を発し、自分の状況を伝えようとする。寒くて、寒くて、なのに汗がとまらなかった。父親の声が遠くに響き……。

「誠っ！　誠っ！」

次に目覚めた時、僕は自分の連続性を見失いかけた。天井のライトが光を発している。察するに病院で、夜だった。時間が飛び、何があったのか瞬時に整理がつかない。

「誠っ、目覚めたのか」

声に反応して視線を向けると、父親がいた。僕はベッドで横になっていた。

「父さん……」

父親だけじゃない。横には母親もいた。心配そうな顔で僕を見ている。

ごめん、と口にしそうになるが、それは両親を悲しませる言葉だった。僕は二人を悲しませ続けるかもしれないけど、悲しませるために生まれてきたんじゃない。

笑いたいんだ、僕は。たくさんの人と。だから……。

「おはよう。夜だけど」

懸命に下手な冗談を言うと、その場から緊張がかすかに抜ける。やがて口元を和らげた二人が「おはよう誠。夜だけど」「お寝坊ね、誠は。夜だけど」と続いた。

約六時間、僕は意識を失っていたらしい。

その間に両親が担当の先生と話したみたいだが、残念ながら僕の病気は着実に進行しているとのことだった。研究に必要なデータは取得済みということで、帰宅の許可が出ていたため、三人で自宅に帰ることにした。

こうして僕に、恐れていた病気の症状が出始めた。なんとかその症状と付き合っていかなくちゃいけない。症状との共存が僕が生きるうえでのミッションになった。

でも案外、うまく付き合っていけるのかもしれないと考えていた。

突発的に意識を失うとはいえ、予兆がある。予兆があった日は学校や部活を休めば、他人に迷惑をかけるのは最低限になる。病気が他人に気付かれることもない。

動揺しながらも、二度目の時は一度目よりうまく対処できた。三度目の時もそうだ。その時は検査入院をして、翌日は母親が迎えに来てくれた。落ち込む母親を励ました。

どんなことでも人間はいつか慣れる。そんなことを僕は学ぶ。

その慣れで足元をすくわれることもあると、意図せずに学んでしまったのだけど。

2

夏休みも半分以上が過ぎ、お盆に差し掛かった頃のことだ。

僕は速水さんに喫茶店に呼ばれていた。彼女とはそれまでに色々とあった。

『その時がきたら、美波さんとは別れるよ。だから心配しないで』

色々の中で、僕は彼女に向けてそう言っていた。

病気の症状が出始めた時から、漠然と決めていたことだった。僕の体は確実に病に蝕まれていて、いつか学校にも通えなくなる日がくる。

そうなった時は転校したことにして、皆の前から姿を消そうと思っていた。

転校を理由にして美波さんとも別れる。美波さんは悲しむかもしれないけど、僕が死んでいなくなるよりも、悲しみは少ないはずだ。

ただ、僕が速水さんにした発言は少し不用意だった。彼女に疑問を持たれ、本当なら誰かと約束するのは避けたかったが、話をするために約束を取り付けられてしまう。

当日の朝は検温が怖かった。正常であればなんの問題もないんだと、自分に言い聞かせながら体温を確認する。

だけど時々、人生は容赦がない。体温は低かった。予兆が表れていた。

本当ならそこで、速水さんにキャンセルのメッセージを送るべきだった。しかし、これまで意識を失うのは午後だった。速水さんとの約束は午前だ。

いくら病気とはいえ、僕はまだ健康だった。衰弱してるわけじゃない。午前中に用事を済ませ、昼前には自宅に戻って病院に行く。今の僕にもそれくらい、できるはずだ。

低体温であったことは家族に伏せ、速水さんと約束していた喫茶店へと向かう。

大丈夫なはずだという願いと、もし倒れたらどうしようという恐怖があった。

喫茶店に着いた時はほっとした。あとは速水さんと話すだけだ。それで家に帰る。朝は検温を忘れたことにして、昼に測ったら低体温だったと家族に伝えよう。

速水さんと軽く世間話をする。しばらくしてから、以前した発言の意味を問われた。

そこで僕は、冬頃に転校してしまうと嘘を伝えた。

するとそのあと、恐れていたことが起きてしまう。僕は病気を甘く見ていた。意識が朦朧となり視界が霞んだ。

寒気に襲われながらも、瞬時に後悔する。

でも、一度倒れたくらいなら、なんとか言い訳ができると思っていた。小さい頃は病弱だったと伝え、暑さにやられたことにすれば……。

「あんた……ひょっとして死ぬの？」

だから夏休みも残り十日となったその日、公園で速水さんに尋ねられた時は驚いた。ごまかそうとしたけど、それも結局は失敗に終わる。それから多分お互い初めて、肩の力を抜いて自然に話した。初めて自然に笑い合った。

そしてこれも初めてだったが、僕は自分の病気と余命のことを同級生に話した。

速水さんは愕然(がくぜん)としていた。人を愕然とさせ、悲しませることしかできない自分が情けなかった。けれど彼女に話したことで、思わぬことが起きた。

「幸せを失うかもしれない人間が、今の幸せを簡単に諦めないで。私も協力するから。これは、月島のためじゃない。人間の尊厳のため。それに、翼を悲しませないため」

僕の病気が美波さんに気付かれないよう、速水さんが協力者になってくれた。

学校生活を続けたいと思っていた僕にとって、それはとても大きなことだった。

それ以降、速水さんは部活では常に僕と一緒にいてくれた。

しかし、僕の病気は思った以上に進行していた。それが分かったのは、衣替えが終わった十月のある日のことだった。

その日の朝、体温は低くなかった。安心して学校に行き、放課後は部活に参加する。

撮影中の映画の脚本に軽い不備が見つかり、僕と速水さんの二人で部室で修正した。

その最中、奇妙なことに脱力してしまい意識が朦朧となる。世界が霞み始め、寒気に襲われた。意識喪失の前兆で発汗しながら、戸惑いもあって泣きそうになってしまう。

なんで、どうして。今日は大丈夫なはずだったのに。

すぐにそれと察したように「月島っ！」と速水さんが声をかけてくる。

次に目覚めた時、僕は病院のベッドにいた。空が徐々に明るくなろうとしている頃で、父親が病室のソファに腰かけたまま腕を組んで寝ていた。

心苦しく思いながら父親を起こし、ナースコールで病院側に目覚めたことを伝える。担当の先生が来たあとに精密検査をした。詳しいことは分からないそうだが、病気の進行が思った以上に早いと伝えられた。

これからは起床後だけでなく、日中も体温に気を配る必要があるとのことだった。検査を受ける前にはメッセージの確認もしていた。部室で気を失って心配だったが、事情を知る保健室の先生と一緒に、速水さんがうまく対処してくれたようだった。

速水さんと先生には本当に頭が下がる。感謝してもし切れない。速水さんからのメッセージには重要なことが含まれていたので、漏れがないように入念に目を通した。

《翼を信用させるためだけど、月島には隠してたことがあって、それが不眠症ってことになってる》《不眠症の薬の副作用が強くて、眠っちゃうと簡単には目覚めなくて、体温も低くなってることにしたから》《翼はそれで信じてる》

メッセージの通り、僕を不眠症と信じてだろう。次に会った時から、美波さんの僕を見る目が少し変わった。どこか僕を気遣っているようになった。

気を遣わせて申し訳ないとは思ったが、病気が露見するという最悪の事態は防げた。なんとしても病気は隠さなくちゃいけない。美波さんを悲しませないためにも。

そう願いながらも、別のことで彼女を悲しませてしまうのだけど……。

「その……えっと。今週の日曜日、よかったらデートしない？　最近、お互い予定とかあってできてなかったしさ。私……誠と遊園地に行きたくて」

そんな誘いを美波さんから受けたのは、十月も終わりのことだった。

恋人になって以降、夏休み中も含めて美波さんとは何度かデートをしていた。でも症状が表れてからは、僕の都合で部活終わりのデートばかりになっていた。

その日、デートに誘ってくれた美波さんは珍しく緊張している様子だった。自由奔放な彼女が、相手の反応を待ってそわそわしていた。どうすべきか迷ってしまう。

断るのが正解だとは分かっていた。けれど、あんなに恥ずかしそうに、それでいて僕からの返事を期待して待っている彼女の誘いを、断ることができなかった。

美波さんと約束をしたあと、速水さんには怒られるかと思った。だけど、「月島が望んでいるなら、無理に断らなくていいと思う」と、そんなことを言ってくれた。

「月島は……自分の幸せを諦めないで。断りにくい状況だったのは分かるし、私が無理にとめることだってできたのに、瞬時に動けなかった私も悪いから」

悲観的にならずに、当日まで待ってみようと速水さんは言った。

うまくいけば、何事もなくデートができるかもしれない。それくらいの幸運を期待したって罰は当たらない。何かあったら当日、自分もフォローするからと。

その言葉に勇気をもらい、デートの朝、僕は祈るような心地で体温を確認した。あまり信じたくなかった。それでも受け入れなくてはいけない。低体温だった。落胆し悲しむも、そんな暇はない。速水さんに今日のことを相談すべく、スマホを手に取った。心理的なことが影響しているのか、倦怠感を覚えながら電話をかける。

速水さんは自分のことのように悲しんでいたが「とりあえず、急用ができたって翼に連絡して。翼のフォローは私がするから」と、すぐに気を取り直してそう言った。

しかし、その時になって僕の意識が朦朧とし始める。意識を失う前兆だった。目の焦点が定まらず、まだ美波さんに連絡ができていない。タイミングの悪さを呪う。汗が噴き出し、今、自分が何をすべきか分からなくなる。

「ちょっと、どうしたの？ まさか……月島っ、月島？」

目覚めたら病院だった。いつもの個室で、僕はまたそこを訪れてしまっていた。悔しくて乾いた笑いがこぼれる。病室の時計は午後の四時頃を指し、部屋には両親がいた。ナースコールが押され、検査を待つ間に母親からスマホを渡される。通知がたくさんあった。美波さんからの数件の通知を除くと、ほかは全て速水さんからだ。

速水さんはあのあと、急いで自宅まで確認に来てくれたようだった。僕の病気は知っていると両親に伝え、自室で意識を失っていた僕を三人で発見したという。

それだけじゃない。それから彼女は美波さんがいる駅前広場へと向かい、僕がバイクと衝突して、軽い事故に遭ったことにしてくれたらしい。信憑性を高めるため、看護師である彼女の母親にも事情を話し、協力してもらったとメッセージに書いてあった。

僕は自分の悲しみに囚われている場合ではなかった。こんなにも速水さんが協力してくれている。

まずは速水さんに、目覚めたことをメッセージで伝えた。僕のスマホは事故で壊れたことになっていたので、美波さんに公衆電話から電話をかける。

美波さんは僕の声を聞くと安堵していた。僕がバイクをスクーターと勘違いした場面はあったが、何気ないことを話し、笑い、また学校で会う約束をして電話を切る。

《翼、月島が待ち合わせ場所に来ないことをすごく心配してた。月島が約束を破る人間じゃないから、何かあったんじゃないかって》

その日、全てが落ち着いたあとに速水さんからメッセージが送られてきた。

《今回のことは私も甘かった。判断が良くなくて、ごめん》

速水さんが謝る理由は何もなかった。僕の判断こそが悪かったのだから……。

ただ、僕はそろそろ自分の引き際を決める必要があった。

3

検査が長引いて翌日は休んだが、火曜日には学校に行くことができた。美波さんと挨拶をして日曜日のことを謝る。そのうえで今日、遊園地に行かないかと誘った。

今日なら途中で意識を失う可能性も低い。何よりも彼女に大切な用があった。

美波さんは驚きながらも、嬉しそうに同意してくれた。結局、速水さんも一緒になり、学校をサボって平日の遊園地へと向かう。

三人で遊び、心の底から楽しんだ。途中で検温したが予兆はなく、夕方まで一緒にいられた。最後に観覧車に乗り、下りてからは広場で美波さんと二人になる。

「実は僕……冬には海外に転校することになったんだ」

ようやく僕は、彼女にそのことを伝えられた。

苦しくなかったと言えば嘘になるが、それは必要なことだった。

突然のことに美波さんは驚いていた。気のせいかもしれないけど、僕を引きとめようとしていた。そこでまた、僕は速水さんに助けられる。

「一緒に映画を作れないと言っても、一年と少しのことでしょ？」

しかし、その場面では多少なりとも混乱してしまった。僕の事情を知る速水さんが、どうして未来のことを口にしているのか分からなかったからだ。

それでも速水さんに合わせ、大学は日本の大学にすると応じる。

どうにか美波さんも納得してくれた。

その日の夜、帰宅してから速水さんに電話する。発言の意味を問うためだ。

「翼は月島のこと……月島が思ってる以上に好きになってる」

速水さんの言葉の響きには、憂いと悲しみが込められていた。

「転校を機に別れることにすると、翼はすごく悲しむと思う。突然のことで諦められないかもしれない。今日だって翼は多分、嫌だって言おうとしたんだと思う。だから翼を納得させるために言ったの。一緒にいられないのは、大学生になるまでのことだって」

黙って耳を傾けていた僕に、それから速水さんはひどく現実的な話をした。

「時間が経てば、人は色んなことが曖昧になっていく。それが普通だから……。だから翼と月島は、遠距離恋愛で徐々に連絡が少なくなって、疎遠になって、自然消滅する形がいいと思う。その方が翼も緩やかに月島のことを諦められる。私も隣でその助けをするから。残酷かもしれないけど、月島にはもう、月島の世界ができちゃったんだって」

目的を遂げるため、彼女は具体的な提案もした。僕のメッセージアプリのパスワードを教えてほしいとのことだった。前回と同じことがないように、僕が意識を失っている間は、速水さんが代わってメッセージを返すからと。僕が死んだあとも……。

速水さんの負担を考えると、すぐには返事ができなかった。

だけど速水さんにそれが最良だと説かれ、提案を受けることにした。不測の事態に備えてスマホ本体のパスコードも教える。

僕には時間がなくなりつつあった。準備をし、覚悟を決めなければならなかった。

病気が深刻化した場合のことを考え、年内で退学する旨を学校側に両親と伝える。

僕の事情を汲み、退学ではなく転校という形で同級生に話してくれることになった。

笑菜さんや一花さんにも転校のことを伝えた。

そうやって皆に話してからは少し楽になった。昼から低体温で早退する時も、転校の準備ということで話を通すことができたからだ。

僕の病は進行を続け、十一月に入ると丸二日も意識を失ってしまうことがあった。早ければ年内に末期へ移行する可能性があると言われる。それでも僕は満足だった。

皆と映画を作り、美波さんと一緒にいられた。これ以上、望むべくもないことだ。

《誠、今どこにいるの？》

ある日、意識を失っていた僕は夜に病院で目覚めた。

雨がさらさらと空から流れる日だった。スマホを確認すると、美波さんから不思議なメッセージが送られていたことに気付く。

《今は家だけど、どうして？》

僕に代わり、速水さんがそう返していた。脚本の担当をしている彼女らしく文体に違和感がない。完全に僕に成り代わってくれていた。

かすかに疑問だったのは、時間をあけて美波さんがそれに返信していたことだ。

《私、翼さん。今、あなたの家の近くにいるの》

《え？》

《嘘だよ。びっくりした？　雨降ってるし、ホラーっぽい演出になるかと思って》

《窓の外を確認しちゃったよ。びしょ濡れの美波さんがいたらどうしようかと》

《昔のドラマなら、雨の中で抱き合う感じだよね。やってみようか》

《二人して風邪ひいちゃうから、だめだって》

最後までやり取りを確認し、それも杞憂だったと安心する。

特に疑問に思う必要もなかった。たまたま時間があいただけだろう。目覚めたことを速水さんにメッセージで伝えると、特に問題なく、いつも通りだったと説明された。

いつも通り。

毎日変わらず、これからも続いていくもの。そこから徐々に僕は離れつつあった。

その分だけ、かつてのように学校に通い、部室に顔を出せる日は嬉しかった。

僕は毎日を懸命に生きた。多くの思いやりや優しさに囲まれ、どうにか生きた。

なんとかその生活を十二月の目前まで続ける。

ただ、もう限界だった。体力的にも精神的にも学校に通うのが難しくなっていた。

だから僕は、ここで十分だと判断することにした。

学校生活を続けることを諦めた。それだけでなく、美波さんとの日常を……。

「ごめん。急な話なんだけど」

十二月を数日後に控えたその日。欠席も早退もなく僕は部活に参加できた。撮影に協力し、機材を持って部室に戻る。片付けを終えたあとに、思い切って切り出した。

「実は両親の都合で予定が早まって、年内には海外に行くことになったんだ。それで……明日から色々と手続きもあって、準備が忙しくなるから」

ありがとうと、さようなら。

皆が優しく温かく、素晴らしい人たちだったから、僕は最後まで楽しく過ごすことができました。本当にありがとう。

そういう思いを込めて、さっぱりとした心地で僕は言う。

「もう学校には通えなくなる。映画制作部での活動も、今日で最後になる」

僕の発言を受けて部室が静かになる。エアコンとパソコンだけが、音と熱を吐き出し続けていた。

「えぇ？　そうなんですか」

反応して最初に声を上げたのは一花さんだった。

言葉にすると大袈裟になってしまうので、感謝の念を抱きながら彼女を見つめる。

一花さん。今まで本当にありがとう。撮影を始めた当初は不安もあったけど、一花さんが頻繁に声をかけてくれたことで救われたよ。あなたの優しさは、忘れない。

「えー、残念。今日で最後なんだー」

次に声を上げたのは笑菜さんだった。先程と同じように感謝しながら視線を向ける。

笑菜さんの相手役をさせてもらって、本当に光栄でした。将来、笑菜さんはどんな人になるんだろう。僕ではもう知ることができないけど、あなたの活躍を祈っています。

「まったく、月島はいつも急に」

胸中で笑菜さんに感謝を伝えていると、速水さんが呆れたように溜め息をつく。けれどそれは演技で、彼女には事前に今日のことは相談していた。無言で視線を交わす。

今までのことは感謝してもし切れない。速水さんが協力してくれたから、僕はこうして今もここに立てている。迷惑をたくさんかけてごめん。でも、本当にありがとう。

皆の言葉に応じて視線を移したあと、最後に僕は美波さんに目を向けた。

彼女はどんな反応をしているだろう。驚いているだろうか。悲しんでいるだろうか。

「今までお疲れ様、誠」

そのどれとも違った。美波さんは微笑み、これまでのことを労（ねぎら）ってくれた。

予想していなかった反応に僕の方が驚いてしまったが、あることに気付く。美波さんはどこか無理をして、毅然と振舞ってくれているように見えた。

そのことに言葉を失いかけるも、今日すべきことを僕はしなくちゃいけない。

「ごめん。急な話で」

「仕方ないよ。家族の都合には合わせなくちゃいけないし」

そう言ってまた、彼女が笑う。いつかの日によく似た、淡い光のような笑みだった。

「うわ、珍しく翼が大人なこと言ってる」

「部長さんって感じだねー」

僕たちの会話に速水さんと笑菜さんが加わる。おかげで少し賑やかになった。

美波さんが二人に視線を転じ、笑顔で言葉を返す。

「こういう時に、ダダをこねずに笑顔で男を見送るのが、いい女の条件だって言ってたから」

「は？　誰が？」

「昔の映画の女優さん」

「なんか発想と言葉が古いのはそのせいか」

「え、嘘？　古かった？」

「ふ、古くないよ翼ちゃん！　ちょっと、何を言ってるか分からなかっただけで！」

「一花ちゃん、それフォローになってないかもー」

自然な形で笑いが生まれ、僕は安堵する。それがきっかけとなって美波さんから無理が抜けたようになり、普段と同じ調子で話し始めた。

「そういえばさ」と五人で活動を始めた時のことを彼女が振り返り、これまでにあったことを懐かしそうに話す。僕もそれに参加し、皆との最後の時間を楽しんだ。

そうやって話していると、僕への見送りについても話題が及ぶ。

笑菜さんと一花さんは空港まで見送りに行きたいと言ってくれた。しかし、僕の家族の迷惑になるかもしれないからと、美波さんが見送りはやめようと話してくれた。

「それに、一年とちょっとでまた会えるようになるんだし。ね、誠？」

見送りの話になったらどうするかは、速水さんと事前に考えていた。美波さんからやめておこうと言ってくれるとは思いもせず、驚きながらも頷く。

それからも皆で賑やかに、この半年のことを話した。目が合えば、美波さんは僕に優しく微笑みかけてくれた。

本当にこれで終わるのだなと考えると悲しかった。できるならもっと一緒にいたい。時にすれ違うことがあっても、ずっと一緒の方向を見ていたかった。

だけど僕の目はもう未来には向かない。これからは過去ばかりを思い出し、過去ばかりが愛しくなるだろう。僕たちは行き先が違った。彼女は生き続け、僕は死へ向かう。

「皆と会えて、本当によかった」

最後に僕はそう言う。今生の別れではなく、ありふれた別れの言葉となるように。

するとと皆が僕に視線を移した。美波さんが代表して、言葉を返してくれる。

「私たちもそうだよ。特に私はそう。誠に出会えて本当によかった」

こうして僕は、別れのために必要なことを終えた。今日を境にして皆と顔を合わせることもなくなり、残された日々を静かに過ごす。そうなるものだと思っていた。

「あ、そういえばさー」

しかし、僕も速水さんも想定していないことが起きた。

「年内には海外に行くって話だけど、イブはどっちにいるの？　毎年、皆とはうちでパーティーしてるんだよね。最後に誠くんもそれに参加できないのかな？」

笑菜さんから尋ねられ、なんと返答すべきか迷ってしまう。

クリスマスのことは見て見ぬフリをしていた。最初から諦めていた。最後のイベントとして、皆と賑やかに過ごせたらとは思うが、今の僕はどんな約束もできない。

「笑菜、月島には月島の予定とか事情があるんだから。あんまり無茶言わないの」

「えー、誘うくらい、いいじゃないですか」

速水さんがたしなめ、笑菜さんが口を曲げる。ふと美波さんに視線を転じると、この場の行方を見守っているようでもあった。僕の視線に気付き、彼女が緩やかに微笑む。

その笑顔が儚(はかな)くて、どこか悲しげに感じられたからだろうか。

「多分、行けないと思う」

うつむきがちになりながらも、僕は笑菜さんに言葉を返した。ただ……。

「だけど……。もし当日に行けそうだったら、当日参加でも、いいかな？ あ、準備とかあると思うし、無理なら無理で大丈夫なんだけど」

どうせなら最後に、希望を持ってみたかった。そう考えて顔を上げる。

病気が末期に移行したら、どうやってもごまかしは利かない。

その前に、僕の体が僕を裏切ることがあったとしても、自分なりの希望を持ってみたいと思った。本当にそれが、最後の希望になるだろうから。

笑菜さんは笑顔で「もちろん、当日参加でも大丈夫だよー」と応じてくれた。一花さんは「予定が合うといいですね」と前向きな言葉をくれる。

速水さんは僕を優しく見ていた。「ま。無理がなければね」と言ってくれた。

最後に全員で写真を撮る。それをメッセージで送ってもらった。下校時刻となり、夕暮れの中、校門までの道を五人で進む。美波さん以外の三人とはその場で別れた。

「誠。ちょっと歩かない？」

皆を見送ったあと、口数が少なくなっていた美波さんに誘われる。僕は頷き、駅とは反対の方角に向けて二人で歩き始めた。

近くの公園に行こうという話になり、並んで歩いていると美波さんに手を取られる。

皆がいた時とは違い、美波さんはあまり話さなかった。公園に着いてベンチに腰かけてからも同じだ。ただ手を繋ぐことを通じて、お互いの存在を感じ取っていた。なんの加減か、手を握る彼女の力が時々きゅっと強くなる。部員の前では見せなかったけど、別れを惜しんでいるのかもしれない。

この感触を、この時間を覚えておきたいと願いながらそっと握り返す。

やがて日が落ちて辺りが暗くなり、ベンチから見上げた空で星が輝き出した。

あの星の光は、何十年も前のものだと読んだことがあった。あまりにも遠すぎて、光となって届くのにすら歳月がかかる。過去からの光を僕たちは夜空に感じている。

無言でも嫌ではなかったが、気付くと僕はその話をしていた。

僕もまた、美波さんにとって過去になるから。当然ながらそのことは伝えない。

それでも、時々で構わないから、高校二年生の冬に、こうして公園で手を繋いだ誰かがいたことを、星の光について話した誰かがいたことを、思い出してほしいと思った。

「過去からの光って……面白い呼び方だね。映画に使えそう」

「撮っておかなくてよかった？」

僕が冗談めかして尋ねると、美波さんが微笑む。「撮っておきたいから、もう一度言って」と彼女は返答し、スマホをベンチに置いて夜空の撮影を始めた。

僕は再び同じ話をする。それが終わる頃には夜の七時近くになっていた。

そろそろ行こうかと促し、二人で駅まで歩く。手は握ったままだった。駅に着き、改札をそれぞれ抜ける。

上りと下りで、僕たちは行き先が違った。何かの暗示のように、僕の方が早く電車がやって来る。見送ると言って、美波さんが同じホームまで来てくれた。

電車を待っていると、しばらくして自動アナウンスが流れる。目的の電車が到着し、乗車していた人を吐き出した。

僕は一人、電車に乗った。振り返り、ホームに立つ美波さんと向き合う。

たくさん、生きてください。たくさん、恋をしてください。

そんなことを願った。

僕が引き受けてしまった少しの不幸の分だけ、あなたにはどうか、幸福が降り注ぎますように。あなたの人生にたくさんの喜びと、笑顔が溢れますように。

「それじゃ」

最後に僕は言う。

「うん。それじゃ」

美波さんもそう返した。扉が閉まり、彼女を置いて電車が出発する。

僕はちゃんと泣かずにいられた。美波さんの前で泣かなかった。情けなくも涙をぼろぼろとこぼし始めた自分を車窓に見ながら、彼女の幸せを一途に願った。

4

その翌週から僕は入院生活を始めることになった。

暦は十二月を迎える。余命一年の宣告を受けてから九ヶ月近くが過ぎていた。

残念なことに、病気は着実に進行しているようだった。数週間の昏睡(こんすい)を合図として、僕の病気は末期に入る。だけどもう何も心配なかった。

僕は機を逸さなかった。病気が深刻化する前に皆と別れることができた。

そしてまだ末期になったわけでもない。うまくいけば、イブのパーティーに参加できる可能性だってある。難しいとは分かっていたが、それを最後の希望にした。

入院生活を始めた僕のもとには多くの人が訪れた。稀有(けう)な病気だから仕方ない。研究対象となっているのだ。若い人、年老いた人、外国の人、様々な医師が訪れた。

医療関係者だけじゃない。僕をよく知る人も頻繁に病室を訪れてくれた。

「月島、元気してる？」

速水さんだった。彼女は僕が、深刻な病など抱えていないかのように気軽に接してくれた。彼女となんでもない話をする。部活のことや美波さんのことを聞いた。

「笑菜と一花はいつも通りだよ。翼もマイペースにやってる」

「そっか。皆に変わりがないようなら、よかった」

新作の制作も順調らしく、完成したらＤＶＤにして持ってくると言ってくれた。

しかし僕が今いるのは、医療が及ばなくなった人が残された時間を静かに過ごすための病棟だった。病院の方針もあってか休憩室にも病室にもテレビはない。

「毎日、暇じゃない？」

「まぁでもスマホは使えるから。起きてる間は美波さんとメッセージできるし」

「月島がそれでいいならいいけど、スマホ用のＤＶＤプレイヤーを持ってきたから、よかったら使いなよ。お勧めの映画も何本か貸してあげるからさ」

出会った当初は、ここまで速水さんと仲良くなれるとは思っていなかった。厚意に甘えて映画とプレイヤーを貸してもらう。僕の日常に映画が加わった。

求められてスマホを渡し、プレイヤーの専用アプリもダウンロードしてもらう。

ただ、僕は少し迂闊だった。スマホのホーム画面を見て速水さんが驚いていた。

「え？　メッセージアプリとカレンダーしか入ってないんだけど。どうしたの？」

その言葉通り、僕のスマホにはアプリがほとんど入っていなかった。ゲームもＳＮＳも、ニュース系のアプリもない。ある時に削除してしまった。

「その、僕にはもう必要ないものだから」

「必要ないって……」

「辛辣な言葉になるけど。見たくないんだ。世間のことも、未来のことも」

全部、自分を置いて進んでいくから。とは言わなかったし、言えなかった。

僕がいる病棟にテレビがないのはそのせいだろう。ここでは患者は、世間と別の場所にいた。世間はもう関係がないもので、自分たちを苦しめるだけのものだった。

速水さんが無言となり、僕は失言に気付く。なんとか笑い話にしようとした。

「そんな生活を送ってるからさ、なんだかお爺ちゃんになった気分だよ。こう言うと、最近のお爺ちゃんに失礼かもしれないけど」

意図を察してか、苦笑まじりではあったけど速水さんは笑ってくれた。

「ボケないでよ」

「あれ？ 今日、お昼ご飯って食べたかな」

「病院が昼食を忘れるわけないでしょ」

それからも速水さんと話す。美波さんのことなら心配ないからと念を押してくれた。

その点は心配していなかった。僕が意識を失っている時も、速水さんは僕に代わって違和感なく返信してくれていた。だからきっと、僕が死んだあとも大丈夫だろう。

僕からの返信が遅れがちになり、メッセージも途切れ始め、それで……。

自然に、僕と美波さんの関係は消滅する。

その時に感じるかもしれない美波さんの寂しさや悲しさを考え、心は痛む。でも、突然の別れに比べればショックは少なくてすむはずだ。そう自分を慰める。

いつしか夕暮れ時になっていた。暗くなる前に帰った方がいいと促すと、速水さんが頷く。挨拶を交わして病室を出る間際、彼女が振り返った。

「あの、さ」

ベッドから彼女を見つめる。珍しく、何かに躊躇っていた。

「翼のことなんだけど……。翼に全部、月島のことを教えたら、月島は今も翼と一緒にいられるかもしれないいんだよ。そうしたいとは思わないの？」

質問に驚いてしまう。実は何度も考えていたことだった。そうすれば確かに、美波さんと一緒にいられるのかもしれない。僕の命が尽きるまで……。

「思わないよ」

はっきり僕が答えると、今度は彼女が驚いていた。

「せっかく、美波さんが傷つかずにすんでいるんだ。なら僕の死に彼女を巻き込んで、悲しませたくない」

無言で僕を見ていた速水さんが、やがてうつむく。

やめてよ……。まるであんた、翼を愛してるみたいじゃん。

彼女はそう言った。僕はしばらく考えたあとに答える。

そんな大層なものじゃなくて、ただ美波さんが大切なんだ。

速水さんが去ってから、僕はベッドに腰を下ろしたまま窓の外を眺めた。

死と同じように、自分の認識や直感から遠くにあったはずのもののことを考える。陽が沈むと、いつかのように輝くものが視界に映った。

過去からの光が、夜空で瞬いていた。

5

日々は線ではなく円のようにして過ぎていった。目覚め、過ごし、眠る。

純粋な睡眠か病気で意識を失うかの違いがあるだけで、基本的にはその繰り返しだ。

目覚めている時は美波さんとメッセージをする。

そこでは僕は、病とは無縁の人間で、海外への渡航を控えた単なる高校生だった。

速水さんから借りた映画も観る。美しい物語に、自然と涙することも多かった。情緒はまだ、僕の中にちゃんとあった。何かを美しいと思える心はここにある。

感傷に誘われ、過去に撮った写真や動画を見返す時もあった。スマホのホーム画面などにそれらを設定すると、お見舞いに来た速水さんに見つかって笑われる。以前にした深刻な会話は、二人の間でなかったことになっていた。映画の感想などを話し合う。

ついに、クリスマスイブの前の週になった。僕の容体は相変わらずだったけど、嬉しいことがあった。予兆がなければという前提で、イブの夜に外出許可が下りたのだ。

病室に顔を出した速水さんにそのことを伝えると、喜んでくれた。

意識を失ったり目覚めたりしつつも、やがて十二月の二十日を迎える。

朝、緊張して体温を測った。これまでの経験で、僕はある法則を見つけていた。現状では意識を取り戻した日と翌日は症状が出ず、長くても意識を失うのは丸三日だ。

今日か明日に意識を失えば、イブの日は目覚めていられる可能性があった。

待っていると検温の結果が出る。どうかと願った。これまで、低体温であることを願ったことはなかった。いつもその数値を落胆して見ていた。だけど、今回は……。

心臓の鼓動を自覚しながら、恐れるように体温計を見つめる。体温は低かった。

その日、僕は希望を胸に抱いて病院での日常を送った。お昼を過ぎた頃、意識を失う前兆が表れる。

ただ……少し変だった。今までと違う気がした。全身が脱力し、意識が朦朧となる。

それなのに意識の消失がすぐにやってこない。ぐらぐらと世界が揺れ続けている。

発汗もなく、濁った思考で、これはどういうことだろうと考えた。別の症状かもしれないと思いながらも、力の入らない体でなんとかナースコールを押す。

ぷつんと糸が切れるように意識が途切れた。

次に目覚めた時、僕は暗闇の中にいた。

冗談のように思った。まさか、死んでしまったのかと。

でも違った。単に周囲が暗いだけだった。僕は生きている。病院のベッドにいた。

まだ余命は数ヶ月あるはずだ。簡単には、死なない。

そこでふと気付き、スマホを手に取る。寝ている間は時間の感覚なんてないはずなのに、多くの時間が過ぎているような気がしてしまった。

今日は何月何日なんだろう。震えそうになる指でスマホに触れ、日時を表示させる。

十二月二十四日　午前三時五十分。

日付を無言で見つめた。一瞬、もう過ぎてしまったかと思った。

だけど違う。何度も確認する。感想がすぐに出てこない。

「……や、やった。やった」

かすれた声が僕の中から押し出された。小さな実感がやがて大きくなり、喜びとなって全身を包む。

すぐには信じられなかった。けれど、間違いない。今日は二十四日だった。僕はイブの日に目覚めることができた。皆と、美波さんと最後の想い出を作ることができる。

早朝なのに申し訳ないと思いながらも、ナースコールを押して看護師さんを呼んだ。

連絡を受けた両親が、朝早くに病室に来てくれた。四日近くも意識を失うのは初めてのことで、心配してだろう、母親がどこか感極まったように僕を見ていた。

「もう……本当に、よく眠るんだから」

何か冗談でも返せないかと思っていると、父親が笑顔で近づいてくる。その大きな手で、僕の頭を髪ごとわしゃわしゃと擦(さす)った。

「よく目覚めたな。今日は確かあれだろ？　イブだから友達と約束があったんだよな」

「約束ってほど、確かなものじゃないけど……。うん、でも約束だね」

「今日なら外出も問題ないだろう。さすが俺の息子だな。タイミングが良い」

「父さんに何か、タイミングが良い逸話ってあったっけ？」

「母さんという最愛の女性と出会い、お前という最良の息子に出会えた。全部が最高のタイミングだ」

「そんな無茶な」

そう応じながらも僕は、有難さで涙ぐみそうになっていた。家族と話したあとは、遅くならないうちに美波さんに連絡しようと、メッセージアプリを開く。

意識を失っていた間も、速水さんが僕に代わって返信してくれていた。

その内容を確認する。特に速水さんから留意点などの連絡もなく、緊張しつつも美波さんに僕からメッセージを送った。

《今夜のパーティー、参加できることになったから》

するとメッセージはすぐに既読となり、美波さんから返信がきた。

《嬉しい》

《ちょっと照れるかも》

《嬉しすぎて全力で補習をサボる》

《全力でサボらないでよ》

《冗談だから。楽しみに待ってるね》

《うん。あと、プレゼントは用意できてないんだけど。そこだけ、ごめん》

《誠がいることが最高のプレゼントだよ。気にしないで》

送られてきたメッセージを見つめ、思わず感じ入ってしまう。

少しだけ、泣いてみようかという気持ちになった。今日、この日を迎えられて本当に嬉しかったからだ。いつしか僕は悲しさからではなく、喜びのために涙を流していた。

これまでの人生で色んな涙を体感した僕だけど、今ほどに清々(すがすが)しい涙はなかった。

ただ、泣いてばかりもいられない。速水さんにも連絡をする必要があった。検査も控えている。人生で最後のクリスマスイブを皆と迎えるべく、僕は動き出す。

四日近くも意識を失うのは初めてのことで、午前中は様々な検査を受けた。体調についてけれど担当の先生が親身に付き添ってくれたため、心理的な負担はない。

て尋ねられた際、声のかすれと筋肉痛みたいなものがあることを伝えた。

先生が笑い、四日も寝ていたからだと教えてくれる。しかし人体とはよくできているもので、声帯も筋肉も使っているうちに徐々に違和感がなくなってきた。

昼食を挟み、午後から少し大がかりな検査をした。それでも合間に自由時間はある。

忙しいはずの母親が仕事を休んでまで、僕の外出着を病室に持って来てくれた。父親と二人で我が事のように張り切り、外出着のコーディネートを考えてくれる。

なんとか格好が決まる頃、速水さんが病室を訪れた。朝のうちに速水さんとも連絡が取れていて、わざわざ午後からお見舞いに来てくれることになっていた。

速水さんは室内に散らばっていた服を見てどこか微笑ましそうに笑い、僕の両親に「どうも」と挨拶をする。

既に三人は面識があり、両親が速水さんを信頼していることが伝わってきた。

「友達同士で今夜の話もあるだろうし、俺たちは喫茶店にでも行ってるな」

そう言って父親が母親を伴って部屋を出ると、僕らは病室で二人きりになった。

前に会ったのは数日前のことなのに随分と懐かしく感じられる。

いつものように世間話をした。二人とも深刻な話はしない。冗談を言い合った。

「奇跡みたいだよ」

だけど会話の最中、つい僕がそう言ってしまう。速水さんが控えめに笑った。

「大げさだよ」

「でも、実感としてはそうなんだ。まさか、最後の最後で約束が果たせるなんてさ」

「……奇跡なんて、普通は起きないからね」

「うん。そうだね」

「誰かが起こさない限り、起きないものだし」

意外な物言いに驚き、思わず速水さんを見つめる。すると彼女は視線をそらし、バツが悪そうに笑ってから続けた。

「多分、月島が起こしたんだよ。ほかの誰でもなく、あんたがさ」

速水さんは苦笑していた。彼女らしからぬ言葉に胸を打たれ、「らしくないね」と思ったままのことを口にする。彼女から睨まれ、無言で腕を叩かれた。

途中に検査を挟みながらも、低体温になることなく午後の時間は過ぎた。

夜は父親が送り迎えをしてくれることになっていて、夕方に検査から戻ると病室には両親と速水さんがいた。どうせならと彼女も誘い、一緒に笑菜さんの家へと向かう。

父親が運転する車に乗り込むと、車内ではラジオが流れていた。

今日は世間の話題も僕を苦しめない。ＤＪがイブにちなんだ曲をかけ、父親が賑やかに話して笑う。迷惑かと思ったが、速水さんは速水さんで楽しんでいる様子だった。

「それじゃ誠、楽しんでこいよ」

約束の時間通りに笑菜さんの家に着き、速水さんと車から降りる。送ってくれた父親にお礼を言ったあと、その場で笑菜さんの家を仰いだ。

トクトクと、今になって心臓の鼓動を自覚する。緊張していることに気付いた。

「ぼーっとしてないで、行くよ月島」

そう言って僕を促し、速水さんがインターフォンを押す。久しぶりに聞く笑菜さんの声が返ってきて門のロックが解除された。敷地内を歩いて玄関扉の前へと移動する。

今日、美波さんとどんな話をしようか。最初になんて声をかけよう。考えているうちに玄関にたどり着く。「扉、重たいから開けて」と速水さんに頼まれた。

彼女の言葉に頷き、僕は取っ手を掴む。そっと開いた。

「メリークリスマス」

扉が開くと同時にクラッカーの弾ける音が鳴り響く。準備されているとは思いもせず、驚いてしまう。目の前には、サンタ帽子を被った笑菜さんと一花さんがいた。

二人だけじゃない。美波さんもいた。三人はそれぞれにクラッカーを手にしていた。

「メリークリスマス、誠」

目が合うと、美波さんが微笑む。僕の体はじんと芯から痺れたようになり、歓喜に言葉を忘れかける。それでも彼女に言葉を返した。イブに相応(ふさわ)しい言葉を。

「メリークリスマス、美波さん」

人生で最後のイブが、最愛の人たちと始まろうとしていた。

Scene5.

君の余命を私は知らない

9　笑菜の自室（夜）

笑菜と一花に手を取られ、誠が部屋を訪れる。はしゃぐ笑菜と一花。
テーブルには七面鳥などのクリスマスの料理が並んでいる。

誠「この料理はどうしたの？」

笑菜と一花が誇らしげに、皆で作ったのだと答える。驚く誠。
自家製のクリスマスケーキも用意してあると一花が言う。
バターの量がすごそうだと辟易しつつも、楽しそうな葵。

翼「さ、誠も来たし、皆で乾杯しよ」

一花「シャンメリーも用意しました」

笑菜「あ、それよりも、もっといいものがあるよー」

笑菜がシャンパンを取り出す。慌てる葵。

葵「いや、絶対にそれはダメだから」

不満げな笑菜と、葵の焦る様子に笑う一花と翼。
誠も微笑ましそうにその光景を見ている。
（※あくまで一例。台本通りにする必要はなし。自然な演技と流れで）

1

十二月二十四日の午後六時。

誠が笑菜の家を訪れ、久しぶりに部員が五人揃う。

笑菜の家族は出かけていて、家には私たちだけだった。笑菜と一花がはしゃぎながら誠を案内し、料理が用意された笑菜の部屋で賑やかにイブのパーティーを始める。

一花が皆に料理を取り分けてくれた。せっかくだからと、笑菜が家にあったというシャンパンを持ち出す。葵がそれを全力でとめていた。

そんな光景を前にして誠は微笑んでいた。私と目が合うと瞳の奥でそっと笑う。

思わず私は誠に近づき、耳元で囁(ささや)いた。

「楽しいイブになりそうだね」

すると誠がどこか感じ入ったように私を見つめ「うん」と応じる。

誠がどんな懸念も抱いていない様子に私は安堵し、「ちょっとお手洗いに行ってくるね」と言ってその場を皆に任せ、部屋を一人離れる。

誠のお母さんにメッセージするため、廊下でスマホに触れた。

画面に日付と時刻が表示される。

一月十八日　午後六時二十一分。

今日がイブであることに誠は疑いをもっておらず、私は心の底から安堵する。誠のお母さんに簡単な連絡を行うと、スマホをしまって皆がいる部屋へと戻った。

そうしながらも、あの日のことを……。誠を病室で見つけた日のことを思い返す。

「どういう……こと？」

転校の用事で学校を休んでいたはずの誠が病室にいた。葵が誠のアカウントを使い、誠に成り代わってメッセージを私に送っていた。

分からないことだらけだった。誠が病室にいる理由も分からない。しかも、軽い怪我や病気でいるような場所ではない。設備の整った個室にいた。

「誠は単に不眠症なんだよね？」

質問すると、葵が無言で私を見つめる。やがて、言いにくそうに答えた。

「ごめん。違う」

「じゃあ、いったい……」

「ナルコレプシーって聞いたことある？　たまに、映画にも出てくるやつ。実は月島、その病気だったんだ。突発的に眠っちゃって……。だけど今、頑張って治療してて」

「葵っ」

冷静に説明しようとしている葵に、私は近づく。

「違うよね？」

「何が？」

「そうじゃないよね？　どう考えても違う。教えて葵。誠の身に何が起きてるの？」

思わず葵の制服の袖を掴んで尋ねると、葵が視線をそらす。

「嘘じゃないから。月島はずっと、突発的に眠ってしまう病気で苦しんでて」

「ならもっと前に、そう説明してくれればいいじゃん。なのにどうして隠してたの？　それも私に気を遣わせないため？　わざわざ誠のアカウントまで使って、誠がそこにいるみたいにして……」

単に眠る病気なら、そこまで無理に隠す必要もないはずだ。私に打ち明けてくれればいい。驚きはするが、それで過度に気を遣ったり、誠を嫌いになることはない。

なのに誠と葵は、無理にでも何かを隠そうとしていた。それは、つまり……。

「誠の体……。まさか、悪いの？」

制服の袖から手を離し、静かな口調で私は問う。葵がこちらを見た。

「別に、悪くないよ」

「じゃあさ……なんで葵は泣きそうになってるの？」

そこで葵がハッとなる。指で目元を拭い、再び視線をそらした。

葵は自分で思っている以上に情に厚い人間だった。だけどその分だけ、世界の冷たさや何気ない悪意に気付いてしまい、自分を強く見せるためか冷淡に振舞ってみせた。

でも本当は小学生の頃から変わらない、優しい人間だった。いなくなったお父さんが大好きで、そのお父さんがいなくなると、公園でこっそりと一人で泣いていて……。

「病室が乾燥してて、目が乾いてただけ。たまたまだから」

思い返してみれば、公園でそんな葵の姿を見た時だった。弱さをけっして人前で見せないけど、不器用で優しいこの幼馴染のそばに、ずっと居続けようと決めたのは。

「葵……」

「なに？」

「いつも葵は、私たちを守ってくれてたよね。変な大人とか、良くない考えで近づいてくる人たちから……。誠の病気を隠そうとしてるのも、きっとそうなんだよね？　葵は私たちを守ろうとしてくれてるんだよね？　でもお願い、本当のことを教えて」

「嘘じゃないし」

「嘘」

葵は簡単には折れなかった。私から視線をそらし続け、無言のままにうつむく。しかし、葵にとっても限界だったんだろう。一人で抱え続けるのは難しかったんだろう。

やがて葵の目から光るものが流れる。久しぶりにはっきりと見た幼馴染の涙だった。

それから葵は涙を拭うことなく、私に向けて言葉を発する。

その口の動きを私は見つめていた。外では雨が降っていた。雨が降り続けていた。

「……え？」

葵が全てを言い終えた時、私はただ呆然と立ち尽くすことしかできなかった。

——月島、病気だったの。

葵はそう言った。それは分かっていることだった。誠が何かしらの病気を抱えていることは、ここを訪れた時から察していた。でも、葵が口にしたのはそれだけじゃない。

——今年の三月に、余命が一年だって宣告されてて、それで……。

余命が、一年？

戸惑っている私に葵が向き直る。葵はもう泣いていなかった。どこか覚悟を決めた様子となり、再び私に教えてくれた。

誠が今年の三月に、病気で余命一年の宣告を受けていたことを。

それだけでなく、これまでのことも教えてくれた。夏休み頃から症状が表れ、葵が病気に気付いたこと。それでも二人で協力して、必死に隠し続けていたこと。

それも全て、誠が私を悲しませないようにと。

私は動揺してしまった。どうにかして否定することでしか、自分を保てなかった。

「嘘。だって、誠は全然、そんな素振りもなくて」

「月島が、そう見せかけてたからだよ。人間は、自分が感じていることが世界の全てになる。翼が気付かなければ、翼の世界では、月島の病気は存在しない」

葵にそう言い切られ、誠と過ごしてきた日々が私の中で音もなく巡る。誠が想いを伝えてくれて、いつしか一緒に映画を作り始めて、恋人になって、それで……。

その間、誠はずっと病気を抱えていた。私を悲しませないように、映画の主人公と同じく、病気を隠し続けていた。転校するという嘘までついて……。

一連の話を聞き終えた私は、ベッドで眠る誠に視線を転じた。

思わず手に触れる。温かい。きちんと息もしている。呼吸し、生きている。

だけどあと数ヶ月で、そうではなくなってしまうという。

現実感は遠く、それでも私はうなだれてしまった。

映画だったら今、どんなシーンになっているだろう。

悲しいことにこれは映画ではなかった。苦しいくらいに、痛いくらいに現実だった。

「あの日……誠が部室で寝てたのは、やっぱり違ったんだ」

「嘘ついて、ごめん。病気の症状が出てたの。それを私と保健室の先生で隠した」

自分がそうやって守られていたことを知り、私は何を思えばいいか分からなくなる。

「それで、翼はどうする？」

しかし、私が思考をとめている間も世界は進み続けている。絶え間なく秒針は動き、砂時計から砂は落ちている。無言でうつむいていた私に、葵が尋ねてきた。

「どうするって、何を？」

「私が気付かせたのが悪いんだけど……。月島のことを知った以上、翼は決めなくちゃいけないから」

「それって……」

「病気を知ったことを月島に話すか。それとも……知らないフリをするか。今後のこともあるし、できるなら早く決めた方がいい。月島が目覚める前に」

私は今、単なる傍観者ではなく、紛れもなく当事者の一人になっていた。

けれど頭が混乱してすぐに結論は出ない。少しこの場で考えさせてほしいと頼むと、誠がいつ目覚めるか分からないため、場所を移した方がいいと葵から言われる。

でも私は許されるなら、この目で誠の現状を認識したうえで、考えて決めたかった。

「分かった。じゃあ私の面会証を渡すから、これを付けてて。月島がもし起きたら……その時のことは、翼に任せる」

葵が去り、私は病室で誠と二人きりになる。近くの椅子に腰かけ、誠を見つめた。

外では雨が降り続けていた。同じように室内でも雨が降った。

さらさらではなく、ぽたぽたと私の手にそれが落ちる。

誠が死んでしまうという現実感はないのに、あらゆる状況が私に現実を教えていた。

病室。眠り続ける誠。幼馴染の涙。普通なはずの誠が見せた、これまでの陰。

自分の方が辛く悲しいはずなのに、誠は嘘をついてまで、私を悲しませないようにしてくれていた。転校していなくなったことにして、自ら過去になろうとしていた。

だけど私は今、誠の秘密を知ってしまった。そのことを話せば、誠は嘘をつき続ける必要はなくなる。私の前から姿を消す必要もないはずだ。

そうすれば私たちは最期まで一緒にいられる。それが最善の選択のように思えた。

『人間は、自分が感じていることが世界の全てになる。翼が気付かなければ、翼の世界では、月島の病気は存在しない』

ただ……それはあくまでも、私にとっての最善だった。先程の葵の言葉が、質量を伴っているかのように私の中で響く。葵は事実と真実の話をしていた。

私が病気を知ったという事実を伝えたら、誠はどういう気持ちになるだろう。

私が誠の病気を知らない世界を、これまで誠は必死に守ろうとしていた。

今、こんな状況になってさえも。

果たして私がしようとしていることは、正しいことなのか。

誠が守ろうとした世界を、私が壊していいのだろうか。自分が誠と最期までいたいという願いで、相手もそれを望んでいるはずだというエゴで、壊していいのか。

人間の本質は多分、自分の死を覚悟した時にこそ表れる。

自分が辛い状況でも、誠は私のことばかりだった。つまり誠とは、そういう人間だった。最期の最期まで他人のことを考えられる人間だった。

誠という人間が生きたということは、そういうことだった。

私は自分の手を強く握り、誠を見つめる。

不確かで曖昧で、正しさがいくつもあるのがこの世界だ。その世界で私は誠のように、他人のことを最期まで考えられる人間になりたかった。

誠の心を楽にさせてあげたかった。

なら選択は自(おの)ずと決まっている。自分の願いではなく、誠の願いを優先する。

誠にだけ嘘を背負わせない。私もまた嘘を背負って生きる。

誠に守ってもらうばかりでなく、私こそが誠の世界を守ってみせる。

誠の嘘に気付かないフリをする。

私は、それこそが自分の正しさだと決めた。今、確かに決めた。はっきりと決めた。

決めたのなら簡単だった。あとはそれを実行するだけだ。実行し続けるだけだ。

決意を込めて再び誠を見つめる。しかし感情が私に悪さをした。視界が滲(にじ)み始(はじ)める。

誠の嘘を守ると決めたのならもう、誠とは最期まで一緒にいられない。

だったら今、いいだろうか。今だけは、自分の感情に素直になってもいいか。誠の前では絶対に見せないから。だから……。

立ち上がった私はベッドに近づくと、誠の胸に体を預けた。

嗚咽(おえつ)が喉の奥から漏れ始めると、私は自分の感情をどうすることもできなかった。

いつしか私は、声を放って泣いていた。

未だに自分ばかりの私は、泣き声で誠が起きればいいとすら思った。目覚めた誠は、私が病室にいることに驚くだろう。でもきっと全てを察して、抱きしめてくれる。

そうしたら私は決意を翻してでも、あなたと最期まで一緒にいたいと言うだろう。

けれど誠は単に寝ているわけではない。私がどれだけ泣いても目覚めることはない。

どれだけあなたを好きだと言っても、照れて笑ってくれることはないのだ。

幼い子どもみたいにしゃくり上げ、胸を痙攣(けいれん)させながらも、やがて私は涙を終える。

自分が決めたことを葵に伝えるべく、その場を一人で去った。

2

翌日、放課後になると誠は何事もなかったかのように部室に顔を出した。

私もまた、普段通りの自分で接した。

誠をからかい、笑い、一緒に映画の撮影をする。一日が終わる時も、けっして追ったりしない。もっと一緒にいたいと言って、誠を困惑させたりしない。

葵には私の選択は伝えていた。葵は一言「分かった」とだけ言った。

誠に不審に思わせないよう、その日のメッセージも不自然にならない形で続けた。誠の意識がない時も、安心させるために今までと同じようにメッセージを交わす。

誠と一緒にいられる時は可能な限り笑い合った。好きな人といられる一秒一秒が、かけがえない。終わりを自覚すればするほど、その時間が愛しくなる。

だけど誠は転校の準備に追われているということで、学校に来る頻度が減った。病気が進行していたからだ。部室に顔を出すことも稀になる。

そして十二月を目前にしたある日、久しぶりに部活をともにしたあとに言った。

「実は両親の都合で予定が早まって、年内には海外に行くことになったんだ」

学校にはもう、通えなくなると。映画制作部での活動も、今日で最後になると。

事前に葵からそのことは聞いていた。今日のための細かい打ち合わせもしていた。

その一方で、事情を知らない笑菜と一花は純粋に残念がっていた。名残を惜しむように誠が一人一人に視線を転じ、最後に私を見る。

「これまでお疲れ様、誠」

私はちゃんとそう言えた。誠の世界を守るため、別れの言葉を笑顔で口にできた。

でもかすかに強張り、撮影の際には皆に求めているくせに、自然な演技から離れてしまった。それも葵のフォローに助けられ、皆で笑ってからは自然になる。

そんな私の様子を見て、誠は安心しているようだった。無事に別れの時間が過ぎる。

ただ一つ、私も葵も想定していないことが起きた。

笑菜がイブのパーティーに誠を誘ったのだ。誠は約束ができない。断るだろうと思っていたが、参加できそうなら当日に連絡するということになった。

最後に全員で写真を撮り、校門で解散する。私は誠と手を繋ぎ、公園に向かった。

公園のベンチに腰かけている間も、私たちは手を離すことはなかった。終わりの時を意識し、切なくなって誠の手を強く握ってしまう。誠は優しく握り返してくれた。

「夜空に輝く星は、実は過去からの光なんだ」

それから誠は夜空を見上げると、珍しくどこか感傷的なことを言った。私たちが夜空に仰ぐ光は、実は何十年も前に放たれた、過去からの光ということだった。

過去という言葉が誠から紡がれ、悲しかった。

けれど私は泣かなかった。公園にいる時も、駅のホームで見送った時も、誠の前で涙は見せなかった。……それも、誠が乗った電車を見送るまでだった。

駅のホームに一人佇(たたず)むと、自分の感情に翻弄され、私は声を殺して泣いてしまった。

翌日から誠は、学校に来なくなった。予定が早まって急な転校になったと誠のクラス担任が話したらしく、その話題が私のクラスでも少しだけ上がった。

それも数日のうちになくなる。私は授業をサボり、屋上で空を見ていることが多くなった。誠は幸せだっただろうかと、そればかりを考えていた。

誠の様子を私に知らせるべく、葵が誠のもとには頻繁に足を運んでいた。誠は入院生活を送っていた。世間との繋がりが断たれた病棟で、静かに暮らしているとのことだ。

それでもイブの約束を誠は忘れていなかった。それを希望にしているという。

私にとっても希望だった。嘘を守りながら、誠にもう一度会えるかもしれないから。


誠が長期の昏睡状態に入ったと聞いたのは、イブの三日前だった。


期末テストを終え、映画甲子園に出す映画の編集を進める。祈るような心地でイブの日が訪れるのを待っていた。しかし終業式を間近に控えたその日、葵が私に言った。

「月島……イブのパーティーに参加できないかもしれない」

誠は意識を失っているということだった。だけど、私には考えがあった。

「パーティーはイブじゃなくても、クリスマス当日とか、翌日でもいいんじゃない？」

笑菜と一花には、誠が参加できる日に変更しようと相談すれば問題なかった。誠には映画の編集作業が遅れ、パーティーの日程をズラしたと説明すれば不自然じゃない。

そうすれば誠もパーティーに参加できる。最後の思い出を皆と一緒に作れる。

葵は賛成してくれるものだと思っていたが、なぜか顔を曇らせた。

「月島の両親と話したんだけど……月島の病気、末期に移行してる可能性があるんだって。だから二日とか三日じゃ、目覚めないかもしれない」

驚きに目を見開いて、私は葵を見つめる。

「一ヶ月近く、眠る可能性があるって。目覚めるのは一月に入ってからかもしれない」

その日の放課後、私は葵とともに誠がいる病棟へと向かった。葵が事前に話をしてくれていて、訪れた病棟の休憩室には誠の両親がいた。会うのは初めてとなる。

これまでのことは全て葵から聞いていると、誠の両親は話した。そのうえで「息子の嘘に付き合ってくれて、ありがとうございます」と言って頭を下げた。

私はすぐに頭を下げ返し、自己紹介をしてから誠の現状に関する詳しい話を伺う。

少ない症例を参考にしても、誠の病気が末期に移行しているのは間違いなさそうとのことだった。その場合、葵が言っていた通りに十二月中に目覚めることはないという。

「息子もイブのパーティーを楽しみにしているようでした。ただ……参加は難しいかもしれないと、どこかで覚悟していた気もします」

誠のお父さんが遠慮がちに微笑んで言う。笑った顔の印象が誠によく似ていた。

「いつも息子のために尽くしていただき、本当にありがとうございました。目覚めた時には、それとなくメッセージでもしてやってください。それだけで満足だと思います」

誠のお父さんから頼まれ、葵が頷く。

「その時は私からイブのことは話します。皆も月島くんと過ごしたがっていたって。それで、よければクリスマスにちなんだメッセージカードを、部員全員で月島くん宛てに書くようにします。サプライズで渡されたら、月島くんも喜ぶかもしれませんし」

葵の提案に誠の両親は喜んでいた。それから葵が具体的なことを話し始める。

その話を聞きながら、私は静かになっていた。

確かにメッセージカードを贈れば、誠は喜ぶかもしれない。もともと、参加できるかどうかは分からなかった。覚悟だってしていたはずだ。

だけど……そんな結末は、あまりにも悲しかった。何かもっと誠のためにできることがあるんじゃないか。必死になってそれを考えるが、すぐには思いつかなかった。

両親と話したあとは、誠に会いに葵と病室に赴く。誠がベッドで寝ていた。

以前の個室も綺麗だったが、今いる部屋は全体的に雰囲気が違った。落ち着いたインテリアで、窓からは柔らかい日差しが室内に注ぎ込まれている。

誠がいる病棟は、少しだけ特殊な場所らしかった。葵が言葉を選びながら説明してくれたけど、病気が治る見込みのない患者さんが、穏やかに暮らすための場所だという。

その説明通り、病棟は穏やかな静けさに包まれていた。

は目覚めている時は、ここから私にメッセージを送ってくれていたようだ。
思えば休憩室にも病室にもテレビがない。しかしスマホの使用は許可されていて、誠
そのスマホは今、ベッドの近くにあった。目を向けていると葵が手に取る。
「あんたには貸しがあるから、これくらい、いいよね」
眠り続ける誠にそう言うと、私にスマホのロック画面を見せてくれた。
そこには映画制作部のメンバーで撮った写真があった。秋の衣替えの前に撮ったもの
だ。どれだけ誠が皆を大切に思っているかが伝わってきて、涙ぐみそうになる。
写真はそれだけじゃなかった。葵がパスコードを打ち込み、ロックを解除する。葵が
パスコードを知っていることに驚くも、渡されたスマホを前に言葉を失くしてしまう。
そこには私がいた。ホーム画面に写真が設定され、変な格好をした私が映っていた。
誠と初めてデートした時の写真だ。鼻と髭が付いたパーティー用のサングラスを私が
かけ、写真を撮る人に向けて微笑んでいる。私が誠に撮影をお願いしたものだ。
何もこんな写真を設定しなくてもいいのにと思いながら、これ以上のものはないかも
しれないと感じた。ここには平和な日常しかなかった。
余命も病気も、嘘も事実も真実も、難しいことは関係がない。ただ平和な日々が横た
わり、写されていた。
自然と目頭が熱くなる。はっきりと見たわけじゃないが、以前は設定されていなかっ

た気がする。誠が入院生活を始め、新しく設定したものだろう。

写真を見やすくするためか、画面に表示されているアプリの数は限られていた。

いや、それにしても少し変だった。限られているというより、極端に少なかった。

「月島、世間のことは見たくないんだって」

疑問に思っていることに気付いたのか、葵が言う。私は葵に視線を転じた。

「世間のことが見たくないって……。でも、どうして？」

「……月島とはもう、関係がないものだからかもしれない。世間の情報に触れると、傷つけられることの方が多いんじゃないかな。月島にはもう、未来がないから」

葵の返答に呆然となってしまった。誠を傷つける世間のことが許せなくて、けれどそれはどうしようもないことで。だから誠は、世間との繋がりを断って……。

立ちすくんでいると、遣(や)る瀬無(せな)さを振り切るように笑って葵が続ける。

「それでも私たちは、自分ができることを頑張るべきなんだと思う。笑菜や一花が編集を手伝ってくれてるし、そろそろ部室に戻ろっか。今戻れば、少しは編集も進められる。映画甲子園に作品が出せないと、協力してくれた月島に合わせる顔もないしさ」

暗くなりがちなこの場を、葵は明るくしようとしてくれていた。

それに合わせ、私も微笑んでみせる。病室には受付をすればいつ来てもいいと誠の両親から許可を得ていた。また来るからと誠に挨拶し、廊下に出て静けさの中を歩いた。

「あ、飛行機雲」

途中、窓の外に視線を移して葵が言う。つられて私も空に目を向けた。

一条の飛行機雲が、寂しさのように架かっていた。

静かな場所で静かな光景を見つめる。ここはあらゆる喧騒から守られていた。

現実的な喧騒だけでなく情報についてもそうなんだろう。世間を映すものはなく、誰もここにいる人を傷つけない。スマホがなければ、日付の感覚もなくなりそうで……。

……日付の感覚？

瞬間、私の中を何かが走り抜けた。ひらめきや直感と呼ばれる類のものだった。

考えに貫かれて動きをとめていると、前を歩く葵が疑問に思ったのか振り返る。

「どうしたの、翼？」

葵に返答すらせずに、私は自分の思考に深く潜り込んだ。

今、さっき、私は何を思いついたのか。何が思考をかすめたのか。

そのひらめきを逃さないよう、必死に考えをたどる。映画を作っている時、何度も経験したことがある感覚だった。

誠。スマホ。イブ。誠にできること。アプリ。世間の情報がない場所。日付の感覚。

集中して思考の連想をたどっていると、何かが繋がる。

あ、と思った。私は自分の直感を見つけた。それを今度は論理的に紐解いていく。

果たしてそんなことが可能なのか、分からない。でも、できるかもしれなかった。私一人では無理でも、皆で協力すれば……。誠にしてあげられることが、あるのかもしれない。それは、それは……。

「誠が目覚めた日を、イブにすることって、できないかな？」

呟くと、葵が怪訝そうな表情で私を見てきた。

「え……なに？　翼、何を言ってるの？」

私の心臓は強く鼓動していた。苦しいほどの注意をもって考える。この考えを逃したくないと思った。いや、逃してはいけなかった。これまで何かを作り続けてきた意味は、ここにあるのかもしれないのだから。

「誠が今いる病棟には、テレビがない。病室だけじゃなくて休憩室にもなかった。誠のスマホには、メッセージアプリ以外、ほとんどアプリが入ってない。世間のことを、あと見たくないからって理由で。だよね？」

「そう、だけど」

私の発言を推し量るように、葵は慎重に答えていた。二人の間の雰囲気は、ある時のものによく似ていた。映画の完成間際で、私が変更案を出す時の雰囲気に。

「それと……一花が以前、映画のアイディア出しの時に言ってたこと覚えてる？　メッセージアプリの受信日と送信日の日付は、スマホ本体と連動してるって話」

尋ねると葵は頷く。確認の必要はあるものの、メッセージの受信日などは、スマホの日付を変更すれば意図的に調整できるかもしれないということだった。

目覚めた誠に、その日を十二月二十四日だと錯覚させること。

それを現実的に行える方法を私は考えていた。たとえ誠が目覚めた日が、世間では一月でも関係ない。誠が信じれば、その日がイブになるから。

事実と真実。ここでもそれが顔を覗かせ、私をじっと見ていた。

いくつか障害はあるかもしれないが、辻褄合わせもけっして不可能ではなかった。

次に誠が意識を失った時、スマホの日付を正しいものに戻せばいいのだから。

私が続けざまにそういったことを説明している間、葵は黙って話に耳を傾けていた。

「あのさ、翼。それって、つまり……」

否定されるかと思ったが、葵は冷静に補足をしてくれた。私の説明が足りないところは質問をして、自分の頭で理解しようと努めていた。

ひとまず場所を変えようと、病院内の喫茶店に向かう。メッセージの受信日などは本当に意図的に調整できるかなど、確かめなければならないことがいくつかあった。

葵に協力してもらい、試行錯誤する中で有効な方法が見つかっていく。うまくいった時には思わず目を合わせてしまった。誠のスマホのパスコードも葵は知っている。

一度冷静になろうと、その計画を進める場合、どうやって事を運ぶかを話し合う。問題点はやはり何個か出てきたが、致命的なものはなく、どれも前もって対処することで乗り越えられるものだった。

しかし、その計画を実行するためには、私たちの努力だけでは足りなかった。病院にも協力を頼む必要がある。笑菜と一花にも誠のことを話さなければならないだろう。何よりも、誠の両親の協力が必要不可欠だった。

お互いにもう一度考えてみようと、帰宅してそれぞれに考えをまとめる。

《いけるかもしれない》

夜の九時頃、そんなメッセージが葵から送られてきた。私だけじゃなく、葵もそう考えてくれることは心強かった。

その葵が約束を取り付けてくれて、翌日の夕方に誠の家で、誠の両親に計画を話すことになった。誠の両親には冷静に話せたと思う。葵も助けてくれた。

拙い説明だったかもしれないが、誠の両親は私たちがやろうとしていることを理解してくれた。ただ、迷っていた。「そこまで無理をする必要はないのよ」と、誠のお母さんが、笑顔を見せつつも苦しそうに言う。

「私たちはいい。自分の息子のためだから。嘘をつくなんて、なんでもない。人様の迷惑にならないのなら、息子のためにどんなことでもしたい。喜んで頭だって下げる。けどね……あなたたちは、無理をする必要はないの。いくら演技ができるからって、それだと、あなたたちの心が痛くなるだけよ」

その話を聞き終えたあと、「でも……」と私は僭越ながら言う。でも私たちが優先すべきは、自分たちのことよりも誠のことだった。自分よりも他人のことだった。

それを教えてくれたのは、ほかならぬ誠だった。これまで誠がしてくれていたことを話せば、私だけじゃなく、笑菜も一花もそう思うはずだった。

そういったことを伝えると、誠のお母さんはテーブルの一点を見つめ始める。病室で眠り続ける誠のことを、きっと考えていたんだと思う。

誠のお父さんはといえば、ずっと黙っていた。何かを考え込んでいた。

「息子は……小さい頃は病気がちで、なかなか友達ができませんでした」

やがてそのお父さんが、私を見てそんなことを言う。

「いつか、そんな息子にも友達ができればいいなと思っていました。でも、そんなの余計な心配でしたね。今、こうして素敵な友達や恋人が息子にいてくれて、心から息子のことを思ってくれて、本当に嬉しくなりました」

誠は以前、お父さんと私が似ていると話してくれた。

元気で無邪気なところが似ていると。だけどそれは、意図的にお父さんが作って見せていた部分なんだろう。目の前の人は誰よりも息子想いで優しくて、思慮深かった。けっして誰も無理はしない。辛くなったら、その人の判断で計画はやめていい。

その二つの条件のもと、誠の両親は私が考えた計画を進めることに同意してくれた。

一度そう決めると、それからのことは早かった。翌日は二学期の終業式だったが、笑菜や一花に頼んで朝早くに部室に来てもらう。

そこで私と葵は、誠のことを話した。病気や余命のみならず、誠の現状を踏まえたうえで、これから私たちがしようとしていることを話した。

二人は驚き、ショックを受けていた。簡単には現状を受け入れられない様子で、それでも時間をかけて状況を把握すると、私たちの計画に賛同してくれた。

その二人から頼まれ、終業式が終わるとすぐに誠のもとへと四人で向かう。

現実の誠の姿と直面し、一花は呆然となり、わっと泣き出した。笑菜も感じ入ったように誠を見ていた。「誠くんが、主人公くんだったんだね」と言った。

誠は私だけを悲しませないために病気を隠していたのではない。関わった人たちのことを考えていた。そこには当然、笑菜と一花も含まれている。

二人に計画を伝えたあとは、病院側にも協力を求める必要があった。それには誠の両親のほか、誠の担当医さんが力になってくれた。

もともと誠がいる病棟は世間との繋がりも薄く、精神のケアに重点が置かれていた。

誠が目覚めた際、カレンダーや書類などで本当の日付が分かることがないように協力してくれることになった。

ただ、一番いいのは誠がイブやクリスマスに目覚めてくれることだった。

その可能性だって、ゼロではないのだから。

イブの当日、私は午後から誠の病室にいた。目覚めたら誠は驚くかもしれないが、言い訳も考えてあった。誠を見つめながら、今にも目を覚ます姿を何度も想像する。

誠は慌てるかもしれないけど、私は誠の嘘をちゃんと守る。そのうえで皆に連絡して誠を病院から連れ出し、集まってパーティーを始める。一緒に笑うために。

でも誠が目覚めることはなかった。私を見て驚いてくれることはない。

イブだけでなく、クリスマス当日も目覚めなかった。翌日も、その翌日も。

二十八日の夜まで待つと、私は覚悟を決めた。誠のスマホを手に取る。

勝手に触ることを謝りつつも、スマホ本体の日付を変更し、自動調整機能を切った。

十二月二十三日。

それ以降、誠のスマホの日付を十二月二十三日に変更することが私の日課になった。

目覚めた時、誠の歩行が困難にならないよう、看護師さんが施す定期的なマッサージも手伝う。笑菜も一花も協力し、文句を言いながらも葵も参加していた。

映画甲子園への出品はその頃にはなんとか終わっていた。葵が「今回は私に任せてくれていいから」と、冬休みが始まってから部室に籠もり、作業をしてくれたおかげだ。

一年の終わりに向けて世間がどこか浮足立ったようになる中、私は誠の病室へと通い続けた。夜になって病室を去る時には、スマホの日付を十二月二十三日に変更する。

誠が目覚めた日のことを考えて、当日の流れもシミュレートした。映画の台本のようにして具体化し、葵に見てもらう。笑菜や一花とも話して計画を練った。

大晦日の夜は誠の病室に寄ったあと、四人で除夜の鐘を突きに行く。翌日は四人で初詣に向かった。けっして口にはしなかったが、皆も誠のことを祈っていたように思う。

それでも誠は目覚めなかった。

やがてお正月が過ぎ、冬休みが終わる。誠は眠り続けたままだ。

待っている時間の体感は長く、それに反して、日々が過ぎるのは早い。

一月も二週目が過ぎ、三週目に入る。

新作の映画について考える必要があるのに、誠のことばかりを考えてしまっていた。

私だけじゃなく、映画制作部の皆がそうだった。部室に集まっても心はここになく、スマホを触ったり、本を読んだり、空を見たりして過ごしていた。

誠は本当に目覚めるのだろうか。症例の少ない病気で、確かなことは何も分からないという。ならこのまま意識を取り戻さないことだって、あるのかもしれない。

そんなふうに考えてしまっていた頃だった。誠のお母さんから連絡が入ったのは。

3

その日、私は朝早くにコーヒーを淹れて自分の部屋でぼうっとしていた。

窓から外を眺めて、朝が膨らんでいく様子を見るのが好きだった。しんと澄んだ青い世界に光が差し、車やバイクが動き出す。瑠璃色の空がいつしか白くなる。

一日の始まりだ。

コーヒーを片手に外を眺めていると、就寝モードを解除していたスマホがメッセージの通知音を鳴らす。葵だろうかと思って手に取るが違った。誠のお母さんからだった。

《誠が目覚めました》

それはシンプルな言葉だったけど、これまで生きてきた中で一番に待ち望んでいた言葉だった。一瞬だけ身動きが取れなくなるも、すぐにメッセージを返す。

それからのやり取りで、分かったことがあった。

誠は今日が十二月二十四日であることに、まったく疑いを持っていないようだった。

映画制作部の皆に、誠が目覚めたことなどを急いで伝える。通知音が鳴る度、皆が喜んでいる様子が伝わってきた。そうしていると誠から、私にメッセージが届く。

《今夜のパーティー、参加できることになったから》

一ヶ月近く、誠は眠っていた。しかし何事もなかったかのように連絡してきた。

いや、事実そうなんだ。誠にとっては何事もなかった。

私たちの願いが、そうさせたんだ。

私もまた何事もなかったかのように返信し、夜のために急いで準備を始める。

両親には事前に事情は話していた。平日だったが学校を休み、笑菜の家へと向かう。

皆にはけっして無理をしないように伝えていた。

それなのに一花さえも学校を休んで、パーティーの準備を手伝ってくれた。笑菜の部屋を飾り付け、料理もクリスマスにちなんだものを用意する。

病院にいる誠には、誠の両親や担当医さんが付き添ってくれることになっていた。

午後からは葵も病院に行ってくれた。可能な限り誠と一緒にいてもらったが、誠が本当の日付に気付いている様子はなさそうとのことだった。

日が落ち、誠が訪れる時間が近づく。笑菜の家には、誠のお父さんが車で送ってくれる予定になっていた。移動中は録音しておいたイブの日のラジオを流してもらう。

車のルートも事前にお父さんとロケハンを行い、イルミネーションがないことを誠に不思議に思わせないよう繁華街を避け、広告等で西暦や日付が分からないようにした。

全て順調だという報告が葵から定期的に入る。いよいよ誠が笑菜の家の前まで来た。

緊張する必要はなかった。ただ楽しめばいい。それが自然な在り方だ。

ついにインターフォンが鳴り、笑菜がそれに応じる。三人で玄関に待機した。

気を落ち着かせようとしていると、「ねぇ翼ちゃん」と笑菜が話しかけてくる。

「どうした笑菜?」

「本番に入る前に、いつものあれ、言ってよ。そうしたら私たちは無敵だから」

あれと言われてすぐに理解が及ばなかったが、その意味をやがて察した。

分かった、と答えて笑顔を返す。深呼吸をしたあと——言った。

「それじゃ、いこうか。本番。よーい……スタート」

数秒後、扉が開く。

それに合わせてクラッカーを鳴らすと、扉を開けた人物が驚いていた。

そこにいたのは間違いなく誠だった。意識を取り戻した誠が、今日がイブであることを信じている誠がそこにいた。

「メリークリスマス、誠」

私がそう言って微笑むと、誠が感極まったような表情になる。

「メリークリスマス、美波さん」と懐かしい笑顔で、私に挨拶を返した。

イブのパーティーは、いつもの打ち上げのように賑やかに進んだ。

誠だけが今日の本当の日付を知らない。それでも、どんな問題もなかった。

笑菜と一花は今日がイブであると心から信じた振舞いをし、いつも以上に誠に話しかけていた。それは誠にとって、転校による別れを惜しむが故に、あえてはしゃいでいるように映ったと思う。

そんな二人とは違い、葵は良い意味で普段通りだった。時々、誠に辛辣なことを言う。誠は苦笑していたけど、それも含めていつもの二人らしかった。

そして私もまた過剰な部分はなく、自然に誠と接することができていたと思う。

イブのパーティーは新作の試写会と打ち上げも兼ねていて、映画甲子園に出した映画の試写も合わせて行った。鑑賞を終えたあとは皆で感想と反省点を話す。

年明けには落選の結果が出ていたが、誠にはそのことが伝わらないようにした。

それからは一花が準備してくれた手作りのクリスマスケーキを食べながら、笑菜のお勧めのボードゲームをして楽しんだ。

その最中、いつものように笑菜が甘酒を持ち出す。葵が渋りつつも結局は口にし、最終的には一花も巻き込まれ、三人はソファで眠り込んでしまった。

私と誠は、いつかのように二人になった。

外は肌寒いけど、以前と同じように誠をベランダに誘う。並んで星空を見上げた。

二人の手は自然と繋がれていた。満ち足りた、言葉すら必要ない時間が流れる。

楽しかったね、と言えばこの時間が終わってしまいそうで。多分、それは二人ともが感じていることで。だからお互い何も口にしなかったのだと思う。

無言の中、恋人の手の温かさを感じながら、私は死について考えた。

死ぬって、どういうことだろう。世界から消えてしまうって、どういうことだろう。

それは今の私にとって、大好きな人と手を繋げなくなることだった。手を握っても、握り返してくれなくなること。目を合わせることが、二度とできなくなること。

徐々に人から忘れ去られていくこと。過去になること。

「私は忘れないから。絶対に、誠のこと」

気付くと私はそんな、誠に何かを勘付かせかねない発言をしていた。

でもそれは死ではなく、転校の別れを惜しむ言葉にも聞こえた。

夜空を見ていた誠が私に視線を転じる。しばらくすると言った。

「忘れていいんだよ」

眉を下げつつも、誠が優しく微笑む。

「美波さんには、たくさんの可能性がある。これからもきっと、たくさんの人と出会うし、たくさんの人が美波さんの映画を観る。そんな美波さんの将来を、幸せを、僕は祈ってるんだ。遠く離れてても、ずっと、ずっと」

無言で見つめていると「って、別れ話みたいになっててごめん」と誠が謝る。「大学生になったら、また一緒に映画を作るんだもんね」と。

誠はあくまでも明るく振舞っていた。その誠が、そっとこぼすように笑って続ける。

「実は今日、来られないかと思ってたんだ。色々、あってさ。だから本当によかった。最後の……日本で最後の思い出を作れて、本当によかった。ありがとう、美波さん」

誠は清々しい表情をしていた。どんな未練も悔いもない顔に見えた。

どこまでも澄み切って、自分の命を諦め、この世に限りをつけていた。

今の私に必要なことは「うん」と口にすることだった。「海外で、体を壊さないようにね」と、誠の嘘にどこまでも寄り添うことだった。

それが誠の世界を守るために必要なことで、私がすべき、恋人のための……。

「美波さん、どうしたの？」

肝心なその時になって、流し切ったはずの自己本位が私に悪戯をする。

視界がぼやけ、涙が溢れてきた。次から次へと瞳から滴っていく。

やめろ。自己本位になるな。泣くのは単に、自分を楽にするための行為だ。落ち着けば大丈夫なはずだ。私にはできる。ちゃんと言える。誠の願いを尊重できる。

お別れの言葉だって言えるはずだ。だから泣くな。泣くな、私。

「誠のことを、愛しています」

愛はまだ、私には分からない言葉だった。

しかし私の中からは、涙ながらにその言葉が出てきた。それが単に言葉であっても、いや、言葉ならばこそ、口にしなくてはいけないと思ったからだ。

私の短い人生を探しても、誠に捧げる言葉は愛以外になく、どんなに恥ずかしくても、大仰に聞こえても、惜しむことなく言葉にすることが必要だと思ったからだ。

私の言葉に誠は驚いていた。やがて私の好きな優しい表情となり、微笑んでくれる。

私は必死になって続けた。情けなくても、つっかえながらでも、自分の感情を言葉にした。それは用意したものではなく、自然と内側から出てきたものだった。

私は多分、誠以上に誰かを好きになることはない。

誠は私に恋を教えてくれた人で、愛していると心から伝えたくなった人で、優しくて、強そうに見えないのに強くて、陰があって、映画の主人公みたいで、いや、映画の主人公で、好きな理由は言い足りないくらいで、映画にしても足りないくらいで。

でも、だからこそ、誠の人生の枷になりたくないから。

私たちは、ここで別れようと言った。

大学も無理に日本に戻って来る必要はない。海外で、やりたいことを見つけ、それぞれの環境で、それぞれの道を見つけ、歩いていきましょうと言った。

誠の人生にたくさんの喜びと、素晴らしい未来が待っていることを望んでいると。

それは誠にとって、残酷に響いてしまう言葉かもしれなかった。だけど誠の世界を守るために、私は泣きながらでも、微笑んでその言葉を差し出した。

一連の言葉を誠は、感じ入ったように黙って聞いていた。途中で瞳から光るものをこぼし始める。初めて目にする恋人の涙だった。

涙を流しつつも、誠が何度か小刻みに頷く。私に向けて懸命に微笑んでみせた。

「僕もあなたのことが大切だから、別れるのがいいと思う」

私は口を震わせて、ただ「うん」と返した。

「これまでありがとう。美波さんに出会えて、幸せでした」

全てを投げ捨てて誠という道を選びたくなる。その衝動を必死で抑えた。「うん」とだけここでも返す。誠が望むエンディングは、すぐそこにあったから。

「僕も祈っています。美波さんの……ううん、翼の人生に、たくさんの喜びと素晴らしい未来が待っていることを。僕もあなたのことを、心から愛しているから」

お互いにとって世界はここだけのことだった。普段なら言えないような言葉でも、呼び方でも、自然と口にできていた。

「ようやく、名前で呼んでくれた」

「ずっと、そう呼びたかったんだ」

「じゃあこれからは、心の中で私を思い出す時も、そう呼んで。でも、誠は誠の世界を作っていいんだからね。それだけは忘れないで」

「それは、翼にとってもそうだよ。早く、僕より好きな人を作ってね」

「無理」

「無理でも」

その言葉をきっかけにして、私たちは頬を濡らしながらも微笑み合う。

夜空の下で、付き合い始めた場所で、そうして別れた。

私はこれまで、最後に映画の内容を幾度も変更させてきた。今回もそうだった。葵のシナリオでは、私と誠は遠距離恋愛で自然消滅することになっていた。

ただ、無意識にだろうか。それは誠にとって後ろめたいことになるかもしれず、私はシナリオを変更していた。その正誤の判断は、葵たち三人がしてくれるだろう。

お互いに涙を拭くと、私たちは室内に戻って寝ている三人を起こそうとした。

部屋の中では眠りの吐息ではなく、押し殺したような泣き声がしていた。笑菜はソファの背もたれに顔を伏せ、一花は両手で顔を覆い、葵はクッションに顔を埋めていた。

嗚咽をこらえ、それぞれに背中を震わせていた。

やがて笑菜と一花が立ち上がり、誠に抱き着く。泣きながらに言った。

「海外でも、元気でね」

「誠さんのこと、忘れません」

その一方で、葵は泣き顔をけっして見せなかった。ただ一言、「なんで海外になんか転校するのよ」と口にする。顔を背けて、私の幼馴染は静かに泣いていた。

いつしか時刻は誠が病院に帰る時間となり、誠のお父さんが車で迎えに来る。

私たちは揃って門の前で誠を見送った。助手席に乗車した誠がウインドウを下げ、

「今日は本当にありがとう」と感謝の言葉を伝えてきた。「さようなら」とも。

「さよなら、誠。元気でね」

「馬鹿」

「金髪のお姉さんに、ひっかからないでねー」

「誠さん。お元気で」

それぞれに挨拶を交わし、誠が乗った車が去っていく姿を見届ける。

そうやって私たちは無事に、この物語を成し遂げることができた。

お互いの顔はその時までよく見ていなかった。「翼、化粧が落ちてヤバいことになってる」と葵に言われ、確認すると確かに酷かった。

「まぁでも、私ほどじゃないよー」と言った笑菜の顔は本当にぐちゃぐちゃで、私たちはそれぞれの顔を見て笑い合った。物語の最後には、ちゃんと笑顔があった。

誠が亡くなったと知らされたのは、それから二ヶ月後の春休み中のことだった。

誠のお母さんから連絡がきて、詳細なことを教えてくれた。

苦しむことなく、眠るように誠は逝ったということだった。

通夜にも葬儀にも私たちは四人で参加した。誠は転校したことになっていたため、同じ学校の生徒はいなかった。代わりに保健室の先生がいて、誠の冥福を祈っていた。

誠の両親とはその場でも話した。あの日がイブでなかったことや、葵以外の部員も病気を知っていたことには、誠は最期まで気付かなかったという。

最後に意識があった時は笑顔で、どんな悔いもないと話していたそうだ。

誰かが生きて、死んで、そのことで清々しい思いを抱くなんて間違っていると思う。

でも私は、自分を悔いていなかった。

当然だけど、誠が死んでよかったなんて思わない。ただ、誠が苦しまずに、自分の世界を守って逝けたのなら、いいことだと考えた。

私は最愛の恋人を、この春に失くした。

そんな世界でも、これからも映画を作り続けたいと願った。

春休みのある日、私は誠と初めてデートした公園で世界を映し出す道具を手に取る。

空を映した。緑を映した。揺れる木の葉で風を、車が走る姿に人の営みを、光を、雲を、大地を、自然を映した。

けれど私には映せないものがあることを知り、こらえ切れずに泣いてしまった。

私は誠の世界を守ることができたけど、私の世界からは、あるものが決定的に失われていた。そのために瞳を熱くして涙をこぼしていた。

いつか、その悲しみにも慣れていくのだろう。しかし今だけは哀惜に泣いていたい。

私は滲んだ世界で、撮影した動画を無言で見つめる。

私が映していたのは誠のいない、それでも澄み渡るほどに美しい空白の景色だった。

Scene6.

過去からの光

語りたかったこと、映したかったこと、残したかったもの。

そういったものを全て、私はこれまで映画に込めてきた。

そして、映画の終わりには必ずエンドロールが流れる。

登場人物が何かを成し遂げても、成し遂げることができなくても。何かを克服しても、克服することができなくても。エンドロールが流れて終わるのが映画の決まりだ。

ただ、人生は違う。

映画ならエンドロールが流れるような場面を過ぎても、人生は続いていく。


誠がこの世界からいなくなり、もうすぐ十年が経とうとしていた。

その間に、語り切れないたくさんのことがあった。

誠がいなくなったその年、私たちは年末に再び映画甲子園に参加した。そして年明けに、脚本賞と女優賞、それに作品の優秀賞を取った。

少し遅れた、誠への餞（はなむけ）みたいなものだった。必ず入賞を果たそうと、私たちは今までで一番本気になって映画制作に取り組み、入念に計画を立てて撮影に臨んだ。

三つも賞が取れた時は本当に嬉しかった。その喜びを誠と分かち合いたいと思った。大学は、映像関係の学科がある都内の大学に推薦で進学することができた。葵も同じだ。私たちはそこでも映画を作り続けた。三年生の時には、私は大きな賞も取った。周りからは、プロの映画監督になれるかもしれないと言われた。いつしか私もそれを目標にしていた。天国の誠もきっと喜んでくれるだろうと考えてのことだ。

でも残念ながら、簡単にはいかない。世の中、上には上がいる。

そんな中でも私は頑張ろうと思った。映画を作ることは自分の人生だったから。

大学卒業後は映画制作に近い場所にいたいと考え、中堅の映像制作会社に入った。助監督の中でも一番下のサードと呼ばれる立場で、朝も夜も映画の現場で働き続けた。

しかし映画監督への道のりは過酷で、一年を過ぎると、ともに映画監督を目指していた同僚はほとんどが姿を消していた。

それでも私は諦めなかった。映画の企画募集の話が現場で転がっていれば、働きながらでも企画書や脚本を書いて送った。そうしている間に、三年が過ぎた。

かつての同僚や大学の友人が地に足をつけて社会人生活を送る中で、私だけが地に足をつけずに夢ばかり追っていた。

自分の現状は自分が一番よく知っていたが、めげずに頑張ろうと思った。

だけど簡単に未来は見えなかった。才能ある人たちの中でも、ほんの一握りの人しか映画監督の座は摑めず、やがて私は激務のあまり体を壊した。

私はまだ頑張りたかった。頑張れると思っていた。

それなのに情けないことに……そこで折れてしまった。それが二十六歳の時だった。

夢から覚めたような心地で映像関係の仕事を辞め、一般の会社に転職する。

よくやった方だよ。頑張った。学生の時はいくつも賞を取ったんだから。

そんなことを自分に言い聞かせ、毎日を送り始めた。有難いことに転職先はいい人たちばかりで、仕事もすぐに覚えられた。難しいことは少なかった。

朝目覚め、会社に行く。同じ仕事をし、帰宅して眠る。その繰り返しに身を置いた。

そうしながら一年近くが過ぎ、ある時にふと気付いた。

自分の足元にベルトコンベアーが走っていることに。私はそこに乗っていることに。

――毎日は、ベルトコンベアーに乗るみたいに過ぎていく。

この十年で私が変わったように、私の周りでもいくつか変わったことがあった。

一つは葵のことだ。葵は大学入学を機に、自分でも監督になって映画を作り始めた。

監督として映画を作りたいと相談された時、私はそれに賛成した。

大学在学中、葵の作品にアドバイスを求められたこともあれば、合同で映画を作ったこども、葵が私の作品に、かつてのように助監督として入ってくれたこともあった。

葵は監督として活動を始めると、才能をどんどん開花させていった。

思えば、最初に私に映画を勧めてくれたのは葵だった。

活動を始めて二年もすると、葵の作品は徐々に脚本を含めて注目されるようになる。コンクールなどで入賞することが多くなった。葵の映画の強みは脚本にあった。

その証拠に、大学四年生の時に葵はテレビ局が主催するシナリオのコンペで大きな賞を取った。それが地上波で映像化され、数年後に商業映画の監督としてデビューした。

「お父さんの無念を、晴らしたかったのかもしれない。この人生は、どうやっても一度きりだからさ。……それを教えてくれたのは月島だった」

葵はいつか、そんなことを私に話した。

変わったことのもう一つは、笑菜のことだ。

一年遅れで、笑菜も都内の大学に進学した。事前にオーディションを通過していて、入学と同時に有名な演出家が主宰する劇団に入った。

両親との話し合いで色々とあったようだけど、笑菜は誠が亡くなってしばらくしてから、役者として生きる道を本気で選択し始めた。

今まで以上に頑張ってみたいと高校生の頃に話し、それを行動で表していた。

演技の幅を広げようと様々なカリキュラムに自主的に参加し、そういうことをするイメージはなかったのに、地道な体力トレーニングにも励んでいた。

本気で努力を始めた笑菜が注目されるのに、それほど時間はかからなかった。

大学在学中、二年生の時に初めて主演を掴んだ舞台が好評で、注目が集まった。

それからも劇団で活動を続けていたが、やがて芸能事務所にスカウトされて笑菜は女優になった。大学に在籍しながら、商業映画に登場するようになった。

私は高校生の頃、無邪気に信じていた。映画制作部の四人で、これからも変わらずに映画を作っていけると。

映画制作部のもう一人の部員だった一花は、映像よりも文芸に関心を覚えたらしく、地元の大学に進学し、卒業後は出版社に就職して編集者となる道を選んだ。

結局、高校を卒業したあとに四人で映画を撮れたのは、私と葵が大学一年の夏に地元に戻った時だけだった。そして今、私はもう映画を撮っていない。

仕事の中でいつもと違うことが起きると、皆でいつもと同じに戻すために努力した。

そうやって、同じことを繰り返し続けていた。

そのうちに私は同僚に告白された。その時は断ったが、誰かと付き合い、いずれ結婚して子どもを産む。そういう人生も有り得るんだなと思うようになっていた。

そんな頃だった。私の家に、ある郵便物が送られてきたのは。

四月に入ったばかりのその日、仕事を終えて一人暮らしのマンションに帰ると、特に思い当たる節のない郵便物がポストに投函（とうかん）されていた。

一般的な郵便物とは異なっていた。英語で宛先が記載され、海外から送られてきたもののようだった。差出人の欄に住所の記載はなかったが、名前を見て驚いてしまう。

Makoto Tsukishima

何かの悪戯かと考えたが、悪戯で誠の名前を使う人物なんて思い当たらない。困惑しつつも部屋に戻り、郵便物を丁寧に開封した。

中には手紙封筒と、薄い収納ケースに入った最新のメモリーカードがあった。

封筒から手紙を取り出す。

記憶の底にある懐かしい字で、「美波翼様へ」と冒頭に記されていた。

その字には見覚えがあった。誠はとても綺麗な字を書いていた。感心して見ていた当時の記憶が再生され、ある種の確信を私は抱く。

やはり誠からの郵便物で間違いなかった。だけど誠は十年前に亡くなっている。

混乱しながらも、できるだけ落ち着いて手紙の内容に目を通した。

美波　翼　様へ

お久しぶりです。お元気でしょうか？

高校二年生の時、翼さんが立ち上げていた「映画制作部」に入部させてもらっていた、月島誠です。私が海外に転校してしまうまで、一応、恋人でもありました。

その節は、大変お世話になりました。

あれから十年の歳月が経ち、それぞれに別の人生を歩んでいると思うので、今なら時期としても適切かと考え、こうして筆を執らせていただきました。

海外に行き、色々と大変なこともありましたが、私は今もなんとかやっています。

辛い時、悲しい時、やり切れない時、そういった時に思い出していたのは、あの映画制作部で、翼さんと過ごしていた日々のことです。

本当に楽しかったです。今でも昨日のことのように思い出せます。

もうあまり記憶にないかもしれませんが、私が転校してしまう前に皆さんとイブを過ごせた日のことは、特に記憶に残っています。

私を映画制作部の一員にしてくれて、本当にありがとうございました。

未練を持つような行為は避けようと、翼さんの現在のことは調べていません。

ですが、きっと才能を発揮していらっしゃることと思います。

たとえ才能が発揮できない環境であっても、私の人生で、あなたは一番の映画監督でした。一番の部長で、一番の恋人でした。

遠くからで恐縮ですが、いつまでも翼さんのご活躍とご健康、幸福を祈っています。

手紙にはまだ続きがあったけど、一度にそれ以上は読めなかった。

最初は驚きながら文章を読んでいた。いつ、誠はこれを書いたのだろう。どんな思いで手紙を綴ってくれたのだろうと考え、彼の優しさを懐かしく思っていた。

しかし、徐々に視界が滲んで文字が読めなくなった。

これを書いているのは、これから死に向かう人間だった。そんな人間が死んだあとのことまで考えて、私に言葉を遺してくれていた。

瞳を熱くしつつも呼吸を落ち着ける。顔を洗い、残りの手紙を読み始めた。

けっして長くはないのに、やはり一度には容易に読めなかった。視界がぼやけ、目からは涙がこぼれた。それでも時間をかけ、なんとか全てを読み切る。

手紙封筒の中には、同封物のメモリーカードについて説明した簡単な手紙もあった。

ノートパソコンを起動させ、その最新のメモリーカードにアクセスする。

動画ファイルが一つだけ収納されていた。

誠は昔のデータを整理していた際に、たまたま高校二年生の時のスマホのデータを見つけたということだった。そして拙いながらに、映画を作ってみたと書かれていた。

おそらく病院のあの個室で、誠がパソコンで編集したものだろう。

私は誠に映像の編集方法を教えていた。懐かしい部活での日々の一コマだ。

観る観ないは、私に任せると誠は書いていた。

動画ファイルの詳細を見ると、タイムスタンプが調整してあるのか、日付は数週間前のものになっている。芸が細かいなと苦笑しながら、その動画を再生した。

厳しい言い方をすれば、それは映画にはなっていなかった。

動画の寄せ集めで、画がボケていたり、傾いていたりした。脚本らしい脚本もない。

その場に居合わせていた人しか分からない場面展開で……。

だけど無性に泣けてしまった。

そこには高校二年生の私が映っていた。誠と初めてデートをした時の私が、夕陽に染まる線路脇を歩く私が、動物園ではしゃぐ私が、部活帰りに喫茶店で笑う私が、夏の日差しの中で微笑む私がいた。

それだけじゃない。撮影の合間にカメラを向けたものだろう。皆と楽しそうに映画を撮る私がいた。あの頃、映画を撮ることが楽しくて仕方なかった私が映っていた。

その映画も、終わりを迎える。動画の残り時間でそれを察し、名残惜しさを感じつつも最後のシーンを見つめる。部室で眠る私が画面に映っていた。

おそらく夏休みだ。部活終わりに部室で誠と二人きりになった時のものだ。

部室が夕陽に染まる中、動画を撮っている誠が「美波さん」と机で寝ている私に呼びかける。近くのホワイトボードには、映画に関する案が数多く書かれていた。

私は考えることに疲れて眠ってしまったんだろう。そんな記憶がわずかにある。

声をかけられた私がむくりと頭を起こす。寝ぼけ眼で「あれ、なんで撮ってるの？」と尋ねていた。それに誠が「寝ちゃったら、起こした時の自然な反応を撮っておいてって、美波さんが言ったんじゃないですか」と苦笑まじりに答えた。

「あぁ、そうだったね」と私が能天気に笑う。そのあと、誠も微笑んだようになり、

「映画、作るの楽しいですか？」

と質問してきた。

私はどんな躊躇いもなく、その質問に笑顔で答える。

「うん。とっても」

それで、映画が終わった。

日常が私に戻される。動画プレイヤーの画面は黒く、そこに泣いている私が映っていた。先程まで動画内で笑っていたはずの私が、あの頃から十年を経た私が映っていた。

様々な思いが一度に巡り、私は泣き崩れてしまった。

どうしてなのか、分からなかった。

誠の優しさが懐かしかったからか、愛おしかったからか。今の自分が不甲斐なかったからか、悔しかったからか。その映画を作ってくれた人はもういないと、失われてしまっていると分かっていたからか。あるいはその全てか。

あらゆるものは、戻らないこと。過ぎて行く時間は早く、冷たいこと。そういう残酷さを身に感じたあと、しかし、私の中に残っているものは、それだけではなかった。

そのまま泣きやむまで、私は泣き続けた。

やがて涙を流し切ると、なんだか心がすっきりとしていた。

思えばここ数年、私の心は乾いていて何かに涙した覚えがなかった。

そうしてどこかすっきりすると、誰がこれを私に届けたのかという、現実的なことを考え始める。考えるまでもなかった。できる人は限られている。葵だ。

葵とは今もいい友人関係だった。笑菜や一花についても同じだ。関係は変わらない。けれど、それぞれに所属している業界が異なり、特に笑菜と葵が多忙なこともあって、最近は顔を合わせることができていなかった。

会って少し話せないかと葵にメッセージを送ると、数時間後には返信がある。土曜日の夕方なら一時間だけあけられそうということで、都内の喫茶店で会う約束をした。

「あれ届けてくれたの、葵でしょ？」

当日、喫茶店の席に着いてお互いに注文を済ませるなり、私は葵に質問していた。

久しぶりに顔を合わせた幼馴染は驚きつつも、こぼすように笑う。

「まぁそうだけど。月島の両親って線は考えなかったの？」

「あれだけ凝ったことができる人は限られてるし、誠もご両親に頼むのは気兼ねするかと思って。だから葵以外にいない」

誠の三周忌の頃まで、誠の両親とは会っていた。二人は誠が遺した《難病の女の子が死ぬ話》も観ていて、私が大学生だった当時、活動を応援してくれていた。

そんなことを思い出しながら応じると、「そっか」と言って葵が笑う。

注文していたコーヒーが届くと葵がそれを口にした。

「でも言っておくけど、手紙も動画の中身も私は見てないから。十年の節目に届けてくれって月島に頼まれて、渡されていたデータも、メモリーカードに移し替えただけで」

「十年の節目……か。誠は何か言ってた？」

尋ねると葵が少しだけ深刻な表情になる。手にしていたカップをテーブルに置いた。

「その時は特に、何も言ってなかった。イブのあとは月島も意識を失ってることが多かったし、私も会いに行くのは控えてたから。突然、呼び出された感じでさ。ただ……それより前にちょっと話したことがあって、その時に……」

葵が遠慮したり心苦しく思う必要はないのに、それでも葵は心苦しそうに続けた。

「翼は将来、映画監督になれるかなって、そういうことを言ってた」

「え？　誠が……」

「私は、そんなに簡単じゃないから、分からないって答えた。そもそも翼が映画監督になろうとしてるか分からなかったし、なろうと思ってなれる職業でもないから。運だって大きく絡んでくる。私みたいに、運と脚本だけで大した実力のない監督もいるし」

葵はどこか自分を卑下して笑っていた。だけど葵はインターネットで名前を検索すれば、新進気鋭の二十代の映画監督の一人として名前が出てくるほどになっている。

羨んだり、悔しいと思う気持ちはない。純粋に友人として誇らしい気持ちだった。

「そんなことない。葵は実力だってあるし、立派だよ。努力してプロの映画監督になったんだから。本当にすごいことだよ」

「私は……見境なかったから。品がないんだ。一般受けがどこにあるか分かってて、そういう作品を狙って作ってる。翼みたいに、本当に美しいものを作れる監督じゃない」

「なに言ってるの。さては疲れてるな？」

「ごめん、かもしれない」

聞けば葵は今、商業映画の脚本にサブとして入りながら、監督作品の企画をいくつか進めているということだった。その中には笑菜が出演予定の作品もあるらしく、私は仲間たちの躍進を心から嬉しく思った。だからこそ殊更に明るく振舞ってみせた。

それに合わせてか葵も笑ってくれた。高校生の頃のように冗談も言い合う。

やがて時間がきて、私たちは喫茶店の席を立った。また会おうと約束し、店の前で別れようとする。その間際、葵が最後に尋ねてきた。

「ちなみに、なんだけどさ。翼はもう、映画を作ろうとは思わないの？」

私はその問いに沈黙を保つ。しばらくしてから答えた。

「……分からない。映画を作ってた意味も、分からなくなっちゃったし」

必要もないのに私は愛想笑いを浮かべていた。葵と目が合わせられず……。

「意味なんてないよ。意味は作るものだから」

「え？」

そんな私に葵は淡々と言った。思わず視線を移すと、幼馴染が私を見ていた。

「私が好きな映画監督が昔、言ってた言葉。……その言葉を聞いた時、思ったの。あぁ、私はこの人には敵(かな)わないんだろうなって。その感想は今も変わらない」

葵が口にしたのは、私が中学二年生の時に笑菜に向けて言ったものだった。

大した哲学だってないのに、無邪気に言った言葉だ。そして私は監督をしていた頃、そういう咄嗟の時に出たものにこそ、その人の全てが表れると信じていたのだった。

毎日は、ベルトコンベアーに乗るみたいに過ぎていく。また月曜日になり、私はいつもの日常を送り始めた。その日常の中で、ある言葉が何度も響いていた。

『翼は将来、映画監督になれるかなって、そういうことを言ってた』

『翼はもう、映画を作ろうとは思わないの？』

私は今、かつての自分の夢と適切な距離が取れていると思っていた。強く焦がれることもなければ、嫌悪して目を背けることもない。流行の映画だって観る。

でも心の底では思ってしまっていた。映画の世界で、生きていたいと。

そんな思いを抱くとともに、誠の言葉も気がかりになっていた。私が映画監督になることを、誠も望んでくれていたんだろうか。

その答えを探すかのように、繰り返しの日常の中で誠の映画を繰り返し観た。それはなんでもない恋人同士の戯れで、日常で、動画を頑張って切り貼りしたものだ。

しかし何度も観ているからか、最初の頃に感じなかったことを感じ始める。

私はいつも映画のことばかりだった。誠に向けて映画の話ばかりしている。

『誠はどういう映画が好きなの？』

『映画には、どんなカットにも意図と意味がある。それが好きなんだ』

『うん。とっても』

ある時にふと、誠が作った映画の意味そのものに考えが及んだ。葵が耳にしたという言葉と合わさり、映画の意味が私の中でだけ開きかける。

ひょっとするとこの映画は、私へのエールの意味もあったんだろうか。私がなろうとしても映画監督になれなかった時の。映画を諦めそうになった時の。もう一度、映画に焦がれていた十年前のあの日々を、思い出せるようにと。

「本当は、どうだったの？」

私はその日、週末を利用して久しぶりに地元に戻った。何年かぶりに誠のお墓を訪れる。お墓は黙して答えない。生者が死者と話せないように、逆も同じだ。

お墓参りをしたあとは、手紙を持って誠の実家へと赴く。事前に連絡を入れていて、誠の両親が快く迎えてくれた。帰郷の目的は、二人に手紙を見せることにあった。

リビングに移動し、誠が私に遺してくれた手紙を渡す。

二人は寄り添って、その手紙をじっと読んでいた。あ、と思った時には、誠のお母さんの瞳から涙が流れる。読み終わると、涙を拭って優しく微笑んだ。

「連絡をもらった時は驚きましたが、わざわざ見せに来てくれて、本当にありがとうございました。速水さんにも、ご迷惑をかけてしまったみたいで」

私はゆっくりと首を横に振る。葵のことならよく知っている。仲間や親友のためにすることを、けっして迷惑だなんて思わない人間だ。

誠が作った映画も私は持参していた。ただ、誠が私に向けて作ったものだと知ると、自分たちが観るべきではないと二人は言った。私が大事にしてくれればいいと。

それから誠のお母さんが席を立って部屋を離れる。私がお父さんと話していると、リビングに戻ってきた。誠の遺品だというノートを二冊渡してくれる。

「よかったら、映画作りに役立ててください」

誠の手紙に書かれていた通り、私がそれを取りに来たと思ったのだろう。

「いえ、私はもう映画を作ってはいないんです」

そう答えるつもりだったのに、二人の穏やかな笑みを崩したくなくて言えなかった。

長居してもよくないので、お茶の時間の前にはお礼を言って月島家を辞去する。

夜には実家で両親と夕飯の約束があった。もう実家に戻ろうか迷ったが、時間もあったため、数年ぶりに地元の街を歩くことにした。

誠と初めてデートした公園や、一緒に歩き回った街を散策する。

変わらないようでいて多くのものが変わっていた。十年とは、そういう歳月だった。

誠の映画に出てきた動物園にも足を運ぼうかと思ったが、電車を乗り継ぐ必要もあってそこまでの時間はなかった。代わりに母校である高校を訪れる。

土曜日ではあったけど、卒業生ということで親切に対応してくれた。校舎の中を自由に見させてもらう。至る所に思い出が溢れていた。

昔の私ならスマホで動画を撮っていただろうなと思いながら、保健室や渡り廊下にも足を向ける。そうしていると陽が沈み始めた。お礼を言って高校を去る。

最後に、学校近くの公園に足を運んだ。いつかの冬の日、誠と腰かけたベンチが変わらずにあった。そこに座り、考えた末に誠のノートを鞄から取り出す。

《手紙を持って美波翼さんが家を訪れることがあったら、渡してください。それまではどうか、中は見ないでくれると助かります》

表紙には付箋が補強して貼られ、そんな言葉が綴ってあった。そっとページを開く。

そこには誠の苦悩が、日記のようにして書かれていた。

余命宣告を受けてからの日々、自分がどう感じたかなど、家族にも吐き出せないであろう心の動きが、陰影も含めて綴られていた。時に繊細に。時に書き殴りのように。

しかしその日記は、ある時期からは頻繁に書かれなくなっていた。おそらく誠が映画の撮影に参加し始めた頃からだ。再び書かれ始めたのは、八月に入ってからだった。

八月九日

また、予兆が出た。恐ろしくてノートを手に取ってしまった。

僕はまた病院の個室にいる。ここは嫌だ。ここにはいたくない。

美波さんに会いたい。あの部室に戻りたい。

意識が失われるのを待つのは本当に怖い。

慣れたと必死に言い聞かせるが、自分を騙すのも限界だ。早く本当に慣れてほしい。


察するに、その日の誠には病気の予兆が出ていたようだった。誠の不安な気持ちが言葉となって吐き出されていた。

そんな中で自分の名前をノートに見つけ、私は目頭を熱くしてしまう。

別の日には、誠の秘密を知っていた葵の名前も書かれていた。

八月二十一日

速水さんが協力者になってくれた。怖い人だと思っていた。だけど違った。

皆、優しい。誰だって本当は皆、優しいんだ。

こんな優しい人たちばかりの世界で、死にたくない。生きていたい。

もっと人と知り合って、関わって生きていたい。

頼むから病気よ、僕の邪魔をしないでくれ。

僕の心もずっと優しくいさせてくれ。


誠の中に、どんな葛藤や悩みがあったのか、その全ては分からない。

ただ、これだけは言える。誠はどんな時でも、どんな状況でも優しかった。

病気によって、損なわれることはなかった。

ちゃんと、私の目に映るあなたは、どこまでも優しかった。

寒くもないのに体が震え、私は日記を全て読むことが困難になっていた。ページをめくり、目についたものを確認していく。

九月十四日

耐えられないので、暗黒ノートに吐き出そうと思う。

病が憎い。憎んでも仕方ない。運命だ。諦めろよ。でも諦め切れるわけがない。

美波さんと未来の話がしたい。くだらないことをしたい。

贅沢に時間を無駄にしたい。

動物園、楽しかった。また休日にデートがしたい。約束がしたい。

十月二十三日

僕は馬鹿だ。いよいよ自分が嫌になる。美波さんと約束していたのに、朝、無様にも意識を失った。たくさんの人に迷惑をかけた。

速水さん、ごめんなさい。速水さんのお母さん、ごめんなさい。

父さんも、母さんもごめん。

悲しませたくないから、ノートで謝る息子を許してください。

十一月二十九日

今日、部活を辞めた。皆と別れた。

美波さんとも、さよならをした。

抱きしめたかった。泣いて叫んで、最後まで一緒にいたいと我儘を言いたかった。

馬鹿だな、僕は。そうすればよかったのに。

自分の幸福を諦めるなと速水さんに言われていた。その通りだ。

その通りにすればよかったのに。

僕は死ぬんだから、なんでも許されるんだぞって。運命に、神様に、言ってやればよかった。死んだあとのことなんて、他人のことなんて知らないぞって。

馬鹿だ。馬鹿。どこまでも愚かだ。

でも、いい。抱きしめられないけど、最後まで一緒にいられないけど。

でも、いい。それでいい。

美波さんがどうか、幸せになりますように。将来、夢を叶えてくれますように。

そうしたら僕は天国で、意地悪な神様に言ってやるんだ。
僕の昔の恋人は、とてもすごいでしょって。
だけど取ることは絶対に許さない。おばあさんになるまで、取ることは許さない。

二月十五日

苦しいことも、吐き出したいことも、悔いもない。
さっぱりとした心地だ。
美波さんと出会ってから、この暗黒ノートに何かを吐き出すことも減った。
けれど僕は、確かにこのノートに助けられた。ありがとう。

その日付を最後に、誠の日記は終わっていた。
誠にとってのイブが過ぎて私と別れ、しばらく経った頃のことだった。

誠のスマホの日付はイブのあと、誠が意識を失った時に、両親の手で正常なものに戻されていた。それ以降、誠は正しい日付で生きていた。

誠にはどんな悔いもなかったことをあらためて知り、心から嬉しくなった。

そして、そのノートはそこで終わりではなかった。

最後の日記の次に書かれているものがあった。未来の私に向けたものだ。

美波　翼　様へ

本当なら、このノートは捨てるつもりでした。

ただ、読み返してみると、私の人生の本当のことが書かれているものでもあり、余命宣告を受けた人間の、自然な心中が綴ってもあります。

たとえば十年後。私が完全に過去になったあとなら、翼さんに渡して、使ってもらってもいいのではないかと考えて、残すことにしました。

もうご存知だと思いますが、私は死んでいます。

嘘をついていて、ごめんなさい。それ以上に、たくさん、ありがとうございました。

私は死ぬまで、一人のつもりでした。淡々と、一人のつもりでした。

それが今、写真や動画、思い出に囲まれて一人ではありません。

翼さんがいなければ、なかったことです。本当にありがとうございます。

長くなってもいけないので、そろそろ終わります。

人生で最後に遺す言葉は何がいいか、それをずっと考えていました。

すぐには思いつかないため、死ぬ前に、思いついた時に書きます。

あまり良い言葉でなくても、笑わないでくださいね。


誠の最後の言葉がノートに遺されていると知り、私は動きをとめてしまう。

私の情緒はもう、ちょっとした刺激があれば簡単に涙となってこぼれてしまいそうだった。それでも呼吸を落ち着け、最後の言葉に目を向ける。

懐かしい風が心の中を吹き抜けた。優しくて、温かくて、どこか儚くて……。

私はずっと、あなたのファンです。

陽が沈み、いつしか街灯の明かりがノートを照らしていた。

いつかのように、その場で雨が降り始める。誠のノートを濡らさないように、手で涙を拭う。しかし瞳からの雨はやまず、あとからあとから降った。

落ち着くまで待つと、頬や手についた涙を私はハンカチで拭い去る。洟（はな）を啜（すす）り、もう一冊のノートを手に取った。

それは生前の誠が、やりたいことを綴っていたノートらしかった。

誠のお母さんは私にそれも渡してくれていた。誠の願いが込められたノートを開く。

・美波翼さんに想いを伝える

私はそこに自分の名前を見つけた。私たちの全ては、きっとここから始まっていた。

瞼を閉じて耳を澄ませば、優しい誠の声が聞こえてきそうだった。

あの日の誠の、緊張している顔が浮かび……。

『実は僕、美波さんのことが好きだったんだ。あ、でも、付き合いたいとかそういうことじゃなくて、ファンみたいなものっていうか……』

瞼の内から感情が溢れ、再び頬を伝う。目を開くと、夜空では星が輝いていた。深い夜空が広がり、見る人が見れば意味を結ぶであろう星座が、音もなく巡っていた。

過去に誘われ、昔、誠がここで口にした言葉を思い出す。

星は過去からの光という話だ。

夜空の煌めきを見つめながら、私は考えた。誠の映画の意味をずっと考えていた。

誠はあの映画に、どんな意味を込めたんだろう。

どこかに答えがあるかと思っていたが、ノートにも手紙にも確かな答えはなかった。

そもそも意味なんてないのかもしれない。

でも、だったら……いいだろうか。それこそ、映画好きな人がよくするように。

あの映画に、自分だけの意味を見出してもいいだろうか。

あの映画を、未来の私へと向けたエールとして捉えても、いいか。

星の光は何十年も前に放たれたものだという。それと同じように、十年の歳月を経て届いた誠からの映画を、自分だけの光にしていいか。彼からの最後の贈り物として。

映画が大好きだった自分のことを忘れず、どんな過去も忘れないように……。

気付くとまた、涙が次から次へとこぼれていた。

こんな涙を流したのは初めてだった。清々しくて。夢に破れたからこそ流すことができて。だけど破れても、何度でも挑戦すればいいと、今だからこそ分かっていて。

映画ならエンドロールが流れるような場面を過ぎても、人生は続いていく。

それが今も変わらずに持つ、私の人生の実感だ。

私にとって、その場面とは誠とのイブの日だった。皆で誠の人生の最後を彩った。誠が病院へと戻る車を四人で見送り、エンドロールが流れる。

月島 誠…月島 誠
美波 翼…美波 翼
速水 葵…速水 葵
遠崎(とおさき) 笑菜…遠崎 笑菜
長瀬(ながせ) 一花…長瀬 一花
脚本…美波 翼、速水 葵
監督…美波 翼

映画ならそこで終幕となる。

そのあと、人は日常へと戻らなければならない。どれだけ名残惜しくても席を立ち、自分の日常に帰らなければならない。映画で得たものを、時に携えて……。

涙を拭ってベンチから腰を上げると、私もまた自分の日常へと戻ろうとした。

その日常の中で夢を叶えるため、再び走り出そうとした。

様々な経験をした今の私に怖いものはなかった。何よりも仰げばそこに光がある。

迷子にも、夢に破れた人間にも、等しく道を照らしてくれるものがある。

私はもう迷わなかった。


エンドロールが流れた先の世界で、私は生きた。新しく物語を始める。

映画監督志望の女性が、夢を掴もうとする物語だ。

当然、簡単にはいかない。どんな人生も、無傷ではいられないからだ。

以前の会社に戻った私は、再び映画制作の現場で助監督として懸命に働いた。

周囲に心配されながらも自分の夢を追う。躓き、転ぶことも多かった。疲労で一歩も踏み出せなくなる時も、先が見えずに踏み出すことに躊躇しそうになる時もあった。

それでも人は歩き続けている限り、どこかにたどり着くことができる。

二十九歳の時にチャンスが巡ってきた。

数年かけて準備していた映画の企画が通り、予算がつく。プロの役者を使って撮影し、ミニシアターでの上映ではあったが、商業作品として映画を公開することができた。

しかし上映期間はそれほどに長くはなく、新人監督として異例のスタートが切れたわけではない。評判は悪くないのが救いで、口コミで人は来てくれたが、大ヒットに繋がることはなかった。

けれど満足だった。公開最終日の夕方、私は都内のミニシアターに足を運ぶ。

観客の一人として、客席で物語を最後まで見届けた。エンドロールを見つめる。

「過去からの光」キャスト・スタッフ

月島　誠‥飯島(いいじま)卓(たく)

美波　翼‥葉月(はづき)千尋(ちひろ)

速水　葵‥成瀬(なるせ)咲(さき)

遠崎　笑菜‥野村(のむら)志保(しほ)

長瀬　一花‥佐々木(ささき)ひなた

養護教諭‥遠崎　笑菜（友情出演）

脚本‥美波　翼、速水　葵

監督‥美波　翼

私は誠の人生を映画にしていた。実話をもとにした映画企画の募集があった時、誠の両親からも同意を得たうえで、準備していたそれを募集元に送った。

私が再び映画監督になろうとしたのは、誠が決意を与えてくれたからだ。なら映画監督となる際には、誠の映画から始めたかった。

それは過去、誠が自分なりに私を映画にしてくれたお礼でもあり、誠の手紙に書かれていたことを、私も自分なりに実現しようと考えたからでもあった。

たとえ才能が発揮できない環境であっても、私の人生で、あなたは一番の映画監督でした。一番の部長で、一番の恋人でした。

遠くからで恐縮ですが、いつまでも翼さんのご活躍とご健康、幸福を祈っています。

もう何度も読んだ手紙の続きを私は思い返す。その先には誠からの贈り物があった。

誠は自分の人生を、秘密を、私に渡してくれていた。

ここから先は書こうか迷いましたが、思い切って書くことにします。

私は高校時代、翼さんに隠していたことがありました。

今も翼さんが映画を作っていて、題材やアイディアに困る時があったら、よろしければ私の秘密を使ってください。

この手紙を持って両親を訪ねていただければ、全てを話してくれるはずです。

恥ずかしいですが、苦しんでいた時に、心境を綴っていたノートもあります。

ありふれた題材かもしれませんが、ほんの少しでも何かの役に立てば幸いです。

私は半年ほどしか部活に参加できず、休みがちではありましたが、楽しそうに映画を作る翼さんが好きでした。一緒に映画を作れた日々は、自分にとっての宝物です。

私の人生を豊かにしてくれて、本当にありがとうございました。

私にとって、あなたは光でした。命の光で、希望の光でした。

どうかいつまでも、お元気で。さようなら。

月島　誠

エンドロールが終わり、照明が灯る。私は最後の一人となるまで客席に座り続けた。やがて席を立ち、そこを去る間際にスクリーンに振り返る。深く頭を下げた。

建物を出ると夜になっていた。いつかのように深い夜空が広がっている。

ミニシアターの前では、私を待ってくれている人がいた。

先程の映画に、保健室の先生役で友情出演してくれた笑菜だ。撮影の際に頻繁に差し入れを持って来てくれて、エキストラとして出演してくれた一花もいる。

数年にわたって企画書作りを手伝い、共同で脚本を執筆してくれた葵も一緒だ。


「お帰り、私のヒーロー」


その葵が微笑んで、私にそんなことを言う。思わず泣きそうになってしまう。

涙をごまかそうとして、なんとかその言葉を茶化してみせた。

「ヒーローは遅れてやって来るって言うし、ひょっとして、遅いって意味で？」

「まぁ確かに。随分と時間がかかったからね。ここまでたどり着くのにさ」

私の意図に葵が乗ってくれた。そっと笑みを交わし合う。

「本当にそうだよー。待ちくたびれちゃった。翼ちゃんが役者として使ってくれるの、ずっと待ってたんだからね」

笑菜もその場を明るくしようとしてか、葵の言葉に便乗する。

しかし笑菜は涙もろい一面がある。お母さんと再会した時も、誠の葬儀の時も、自分の感情を偽らずに声を上げて泣いていた。今も瞳にはうっすらと光るものがあった。

その笑菜とは対照的で、大人になって落ち着いた一花は私を気遣ってくれていた。

「でもよかった。今の翼ちゃん、とっても生き生きしてるから。映像の仕事を辞めて転職したばかりの頃は、ちょっと疲れた顔してたし」

今も昔も変わらない、小さくて優しい幼馴染をじっと見つめる。

「……一花ってさ。本当、昔から優しいよね。料理だって上手だし」

「え？　翼ちゃん、どうしたの急に」

「いや、なのにまだ結婚してないのが不思議で」

何気なくした発言に「へ、編集者は忙しいの！」と一花が子どもの頃のようにムキになって反論してくる。私はごめんごめんと謝り、「あ、イジメたー」と笑菜が笑う。

そんなやり取りを見て、葵も優しく微笑んでいた。

一つの物語が終わり、エンドロールが流れる。それからも人生は続いていく。けれど、それは少し違った。今だからこそ分かる。

続いていくんじゃない。新しく人生が始まるんだ。時にそれは残酷なことかもしれないけど、全ての過去を大切にしながらも、人は新しく物語を始めなければならない。

私はこれから、どんな物語を始めていこう。どんな映画を作っていこう。

今日は映画の公開最終日ということで、個人的な打ち上げとして、三人に食事に誘われていた。お店に向けて皆で歩き始めながら、私はそんなことを考える。

目的地への途中、夜空を見上げると星が瞬いていた。天上の光に無言で視線を注ぐ。これから先、きっと私は人生に何度も躓くだろう。壁にぶつかり、涙するだろう。それでも、私はもう大丈夫だと思えた。

夜空に星があるから。自分の中に大切な過去があるから。

消えることのない過去からの光が、夜空で、そして私の中で煌々(こうこう)と輝いていた。

あとがき

この小説を書こうと思い立ったのは、映画「今夜、世界からこの恋が消えても」の撮影見学をさせてもらった時でした。

一つのシーンを撮影するために多くの人が関わり、緊張感があり、カメラが回っている間は何十人もが息をひそめている。監督の「カット」の声で現場が再び動き出す。

そういった光景に感動を覚え、次は映画に纏わる話を書こうと考え始めました。

映画ならエンドロールが流れるような場面を過ぎても、人生は続いていく。

私にとって映画化は一つのゴールで、エンドロールが流れ、後の人生を生きていく。

しかし人生は単に続くのではなく、新しく始まるのだと気付きました。

新しく始めていかなければならないのだと。

何かを失った時や諦めた時など、個人的な物語の喪失は様々な形で人生に訪れます。

すぐに新しく物語を始めることができる人もいれば、当然、そうでない人もいます。

ですが、どんなに辛くとも、長くかかろうとも、人はまた自分の物語を新しく始められると信じています。全ての過去を大切にしながら、新しく生きることができると。

以下、謝辞です。

出会いがあれば別れもあり、本作の制作途中から担当編集様が交代となりました。

デビューからこれまで、私を導いてくれて本当にありがとうございました。

新規の担当編集様も途中からという状況でお力と知恵を貸してくださり、深く感謝しています。これから宜しくお願いします。

表紙を担当いただいたKoichi様。いつも素敵な作品をありがとうございます。

映画の初号試写でようやく会えましたね。福本様の後ろで、Koichi様の隣で、完成した映画を一緒に観た時のことは生涯忘れません。また、会いましょう。

最後に、この本を手に取ってくださった方へ。

恒例の言葉となりますが、感謝の言葉を綴りながら実際に頭を下げなかったことは一度としてありません。今回もそうです。

本作を手に取ってくださり、本当にありがとうございました。お一人お一人に直接お礼を言うことがかないませんので、代わりにここで頭を下げさせていただきます。

またいつか、どこかでお会いしましょう。

一条 岬

＜初出＞

本書は書き下ろしです。

この物語はフィクションです。実在の人物・団体等とは一切関係ありません。

◇◇メディアワークス文庫

嘘(うそ)の世界(せかい)で、忘(わす)れられない恋(こい)をした

一条(いちじょう) 岬(みさき)

2023年３月25日　初版発行
2024年12月15日　３版発行

発行者　山下直久
発行　株式会社**KADOKAWA**
〒102－8177　東京都千代田区富士見２－13－３
0570-002-301（ナビダイヤル）
装丁者　渡辺宏一（有限会社ニイナナニイゴオ）
印刷　株式会社KADOKAWA
製本　株式会社KADOKAWA

●お問い合わせ
https://www.kadokawa.co.jp/（「お問い合わせ」へお進みください）
※内容によっては、お答えできない場合があります。
※サポートは日本国内のみとさせていただきます。
※Japanese text only

※定価はカバーに表示してあります。

Printed in Japan
ISBN978-4-04-914985-2 C0193

メディアワークス文庫　https://mwbunko.com/

本書に対するご意見、ご感想をお寄せください。

あて先
〒102-8177　東京都千代田区富士見2-13-3
メディアワークス文庫編集部
「一条 岬先生」係

◆◇◇

君が最後に遺した歌

一条岬

続々重版『今夜、世界からこの恋が消えても』著者が贈る感動ラブストーリー。


田舎町で祖父母と三人暮らし。唯一の趣味である詩作にふけりながら、僕の一生は平凡なものになるはずだった。

ところがある時、僕の秘かな趣味を知ったクラスメイトの遠坂綾音に「一緒に歌を作ってほしい」と頼まれたことで、その人生は一変する。

“ある事情”から歌詞が書けない彼女に代わり、僕が詞を書き彼女が歌う。そうして四季を過ごす中で、僕は彼女からたくさんの宝物を受け取るのだが……。

時を経ても遺り続ける、大切な宝物を綴った感動の物語。

メディアワークス文庫

第27回電撃小説大賞《メディアワークス文庫賞》受賞作

君と、眠らないまま夢をみる

遠野海人

「さよなら」ができない、すべての人に届けたい感動の青春小説。

高校生になった智成の日常は少し変わっている。死者が見えるのだ。吹奏楽をやめ、早朝バイトをする智成は、夜明けには消えてしまう彼らとの、この静かな時間が好きだった。

だが、親友の妹・優子との突然の再会がすべてを変える。

「文化祭で兄の遺作を演奏する手伝いをしてくれませんか」手渡されたそれは、36時間もある壮大な合奏曲で――。

兄を失った優子。家族と別れられない死者。後悔を抱える智成。凍り付いていたそれぞれの時間が、一つの演奏に向かって、今動きはじめる。